LA VILLE DE VAPEUR

DU MÊME AUTEUR

Le Cimetière des Livres oubliés

L'OMBRE DU VENT, Grasset, 2004 ; Robert Laffont, 2012 ; Actes Sud, 2019 ; Babel n° 1691.

LE JEU DE L'ANGE, Robert Laffont, 2009 ; Babel n° 1692.

LE PRISONNIER DU CIEL, Robert Laffont, 2012 ; Babel n° 1720.

LE LABYRINTHE DES ESPRITS, Actes Sud, 2018 ; Babel n° 1721.

Cycle de la brume

LE PRINCE DE LA BRUME, Robert Laffont, 2011 ; Babel n° 1735.

LE PALAIS DE MINUIT, Robert Laffont, 2012 ; Babel n° 1739.

LES LUMIÈRES DE SEPTEMBRE, Robert Laffont, 2012 ; Babel n° 1752.

MARINA, Robert Laffont, 2011 ; Babel n° 1556.

"Lettres hispaniques"

Titre original :
La Ciudad de vapor
Éditeur original :
Editorial Planeta, Barcelone

ISBN 978-2-330-15611-4

CARLOS RUIZ ZAFÓN

La Ville de vapeur

nouvelles traduites de l'espagnol
par Marie Vila Casas

ACTES SUD

Bientôt, formes indistinctes, père et fils se confondent avec la foule des Ramblas, et leurs pas se perdent pour toujours dans l'ombre du vent.

L'Ombre du vent

NOTE DE L'ÉDITEUR ESPAGNOL

Après avoir complété *Le Cimetière des Livres oubliés*, l'œuvre de sa vie, en publiant en novembre 2016 le dernier roman de la tétralogie, *Le Labyrinthe des esprits*, Carlos Ruiz Zafón projetait de rassembler toutes ses nouvelles en un seul volume. Il souhaitait ainsi offrir à ses lecteurs ses textes publiés sous divers formats, dans des publications périodiques ou séparément, pour accompagner des éditions spéciales de ses romans, et d'autres demeurés inédits.

À cette fin, il m'avait confié, à moi son éditeur, les nouvelles qui voient ici le jour pour la première fois, et il m'avait chargé de récupérer les autres déjà publiées au fil du temps afin de préparer un volume qui devait être davantage qu'une simple compilation de toutes ses nouvelles. Or, d'une part, la parution très récente de l'ultime roman de la tétralogie, son point final, et d'autre part la maladie de l'auteur, ont rendu préférable le report de la publication.

Carlos Ruiz Zafón concevait cet ouvrage, au-delà de son existence propre, comme un acte de reconnaissance envers les lecteurs qui l'avaient suivi tout au long de la saga commencée avec *L'Ombre du vent*. Aujourd'hui, par le caractère posthume de sa publication, le livre devient également un hommage de sa maison d'édition à son auteur, un geste de gratitude que partageront sans nul doute les lecteurs d'un écrivain parmi les plus admirés de notre temps.

La Ville de vapeur amplifie l'univers littéraire du *Cimetière des Livres oubliés* par le développement d'aspects méconnus d'un personnage ou de l'histoire de la construction de la bibliothèque mythique, ou parce que le thème, certains éléments ou l'atmosphère dans laquelle ils se déroulent paraîtront familiers aux lecteurs de la saga. Écrivains maudits, architectes visionnaires, identités usurpées, édifices fantasmagoriques, irrésistible agilité descriptive, maîtrise des dialogues… et surtout la promesse que le récit, la nouvelle, le fait même de raconter nous transportent dans un territoire nouveau et fascinant.

De "Blanca et l'adieu", la nouvelle qui inaugure le recueil, jusqu'à "Apocalypse en deux minutes" qui le clôt, les histoires s'entrelacent grâce à la voix narrative, à la chronologie ou à des détails, pour dessiner un monde qui se développe sous nos yeux, exubérant bien qu'il ne soit que fiction, qu'univers vaporeux.

La Ville de vapeur démontre également l'habileté de Carlos Ruiz Zafón à tirer parti des genres littéraires pour créer un style personnel et caractéristique dans lequel nous reconnaissons des éléments du roman d'apprentissage, du roman historique ou gothique, du thriller, de l'histoire d'amour, sans oublier son habileté magistrale à manier le récit dans le récit.

Cher lecteur, nous ne vous retiendrons pas davantage. Mieux vaut peut-être s'abstenir d'expliquer la valeur et la reconnaissance de l'œuvre d'un auteur lorsque son nom a déjà donné lieu à un adjectif :

cervantesque, dickensien, borgésien… Bienvenue dans le nouveau, et malheureusement dernier, livre zafonien.

Émile de Rosiers Castellaine

BLANCA ET L'ADIEU

(Extrait des Mémoires qui n'ont jamais eu lieu
d'un certain David Martín)

1

J'ai toujours envié la capacité d'oubli de certaines personnes qui ne voient dans le passé qu'un changement de saison ou une paire de vieilles chaussures qu'il suffit de remiser au fond d'une armoire pour les rendre incapables de retracer les pas perdus. Pour mon malheur, je me souvenais de tout, et tout se rappelait à moi. Je garde le souvenir d'une petite enfance de froid et de solitude, d'instants morts passés à contempler le gris des jours, et du miroir noir qui ensorcelait le regard de mon père. Impossible de me souvenir du moindre ami. Je peux évoquer le visage de gamins du quartier de la Ribera, avec lesquels je jouais ou je me bagarrais parfois dans la rue, mais il n'y en a aucun que je voudrais sortir du pays de l'indifférence. Aucun, sauf celui de Blanca.

Elle avait deux ans de plus que moi. Je la rencontrai un jour d'avril devant l'entrée de ma maison. Elle donnait la main à une domestique qui venait chercher une commande dans une petite librairie de livres anciens située en face du chantier de la salle de concert. Le destin voulut que la librairie n'ouvrît pas ce jour-là avant midi et que la bonne s'y présentât à onze heures et demie, laissant une plage d'attente de trente minutes, un temps qui allait, sans que je le sache, sceller ma destinée. Si ça n'avait tenu qu'à moi, nous n'aurions jamais échangé une parole elle et moi, je n'aurais jamais osé. Sa mise, son parfum et son expression aristocratique de petite fille riche vêtue de soie et de tulle ne laissaient planer aucun doute sur le fait qu'elle n'appartenait pas au même monde que moi, et moi, moins encore au sien. Nous étions séparés par quelques mètres à peine, et des lieues de lois invisibles. Je me contentai de la contempler comme on admire des objets sacrés dans une vitrine ou à la devanture d'un de ces bazars dont les portes paraissent ouvertes mais dont on sait qu'on ne les franchira jamais de sa vie. J'ai souvent pensé que sans l'attention ferme et résolue portée par mon père à mon hygiène personnelle, Blanca n'aurait pas prêté attention à moi. Mon père estimait qu'il avait vu suffisamment de crasse pendant la guerre pour remplir neuf vies, et il m'avait appris depuis tout petit, même si nous étions fauchés comme les blés, à me familiariser avec l'eau glacée qui coulait du robinet de la buanderie quand elle voulait bien, et avec des savons qui sentaient l'eau de Javel et arrachaient tout, même les remords. C'est ainsi qu'à mes huit ans juste révolus, moi, David Martín, pauvre diable propre et bien mis, futur prétendant au statut d'homme de lettres de second ordre, je parvins à reprendre mes esprits pour ne pas détourner le regard quand la poupée de bonne famille posa les yeux sur moi et me sourit timidement. Mon père m'avait toujours dit que, dans la vie, il fallait rendre aux gens la monnaie de leur pièce. Il sous-entendait par là, bien évidemment, coups, claques et autres impolitesses, mais moi je décidai de suivre son conseil et de répondre par un sourire, avec un bref hochement du chef comme pourboire. Elle avança lentement et, tout en me détaillant de la tête aux pieds, elle me tendit sa main, dans un geste auquel jamais personne ne m'avait habitué, et elle me dit :

— Je m'appelle Blanca.

Blanca tendait la main comme les demoiselles dans les comédies de salon, la paume tournée vers le bas, avec la langueur d'une courtisane parisienne. Comme je ne réalisai pas que la réponse appropriée était de m'incliner et de frôler de mes lèvres cette main, Blanca la retira et haussa un sourcil.

— Moi, c'est David.

— Es-tu toujours aussi mal élevé ?

J'étais en train d'élaborer une saillie emphatique pour compenser ma condition de rustre plébéien par une démonstration d'intelligence et d'esprit capable de sauver la face lorsque la domestique approcha, l'air consterné, et me regarda comme si j'étais un chien enragé et solitaire errant dans la rue. C'était une jeune femme aux traits sévères et aux yeux noirs et profonds qui ne me manifestaient aucune sympathie. Elle prit Blanca par le bras et la tira hors de ma portée.

— Avec qui parlez-vous, mademoiselle Blanca ? Votre père n'aime pas que vous adressiez la parole à des étrangers, vous le savez bien.

— Ce n'est pas un étranger, Antonia. C'est mon ami David. Mon père le connaît.

Je restai pétrifié tandis que la domestique m'observait du coin de l'œil.

— David comment ?

— David Martín, madame. Pour vous servir.

— Personne ne sert Antonia, David. C'est elle qui nous sert. Pas vrai, Antonia ?

Ce ne fut qu'un instant, un geste que personne n'aurait pu remarquer à part moi, qui l'observais attentivement. Antonia lança un bref regard noir à Blanca, un regard empoisonné de haine qui me glaça le sang et qu'elle s'empressa de dissimuler derrière un sourire résigné, secouant la tête pour ôter toute importance à l'affaire.

— Des gamins, marmotta-t-elle tout bas en repartant vers la librairie qui ouvrait enfin ses portes.

Blanca fit alors le geste de s'asseoir sur le pas de la porte. Même un blanc-bec comme moi savait qu'une robe comme la sienne ne pouvait entrer en contact avec les matériaux grossiers et recouverts de charbonnaille qui avaient servi à construire mon bercail. J'enlevai ma veste ravaudée et rapiécée et je l'étendis sur le sol à la façon d'un tapis. Blanca s'assit sur mon meilleur vêtement et soupira, contemplant la rue et les gens qui passaient. Antonia ne nous quittait pas des yeux depuis la porte de la librairie et je faisais comme si je ne m'en rendais pas compte.

— Tu vis ici ? demanda Blanca.

Je signalai l'immeuble voisin en hochant la tête.

— Et toi ?

Blanca me regarda comme si cette question était la plus stupide qu'elle eût entendue de sa courte vie.

— Bien sûr que non.

— Tu n'aimes pas ce quartier ?

— Il sent mauvais, il est sombre, il y fait froid, les gens sont laids et c'est bruyant.

Il ne m'était jamais venu à l'idée de résumer mon environnement familier de cette manière, mais je ne trouvai pas d'arguments solides à lui opposer.

— Pourquoi viens-tu ici alors ?

— Mon père a une maison près du marché du Born. Antonia m'emmène lui rendre visite presque tous les jours.

— Et toi, où est-ce que tu habites ?

— À Sarrià, avec ma mère.

J'étais peut-être un garçon pauvre, j'avais tout de même entendu parler de cet endroit où, il est vrai, je n'avais jamais mis les pieds. Je l'imaginais comme une citadelle de vastes demeures aux avenues bordées de tilleuls, de luxueuses voitures et de jardins luxuriants, un univers peuplé de gens comme cette petite fille, mais en plus grands. Aucun doute, elle vivait dans un monde parfumé et lumineux de brise fraîche et d'habitants beaux et discrets.

— Comment se fait-il que ton père vive ici, et pas avec vous ?

Blanca haussa les épaules et détourna le regard. Le sujet paraissait la gêner et je préférai ne pas insister.

— C'est seulement pendant un temps, ajouta-t-elle. Il reviendra bientôt à la maison.

— Bien sûr, dis-je, sans savoir très bien de quoi l'on parlait, mais avec le ton de commisération de qui est né déjà vaincu et qui sait s'y prendre pour conseiller la résignation.

— La Ribera n'est pas si mal, tu verras. Tu t'y habitueras.

— Je ne veux pas m'y habituer. Je n'aime pas ce quartier, ni la maison que mon père a achetée. Je n'ai pas d'amis, ici.

Je déglutis.

— Je peux être ton ami, si tu veux.

— Qui es-tu ?

— David Martín.

— Ça, tu me l'as déjà dit.

— Je suppose que je suis quelqu'un qui n'a pas non plus d'amis.

Blanca se tourna et me lança un regard mêlé de curiosité et de réserve.

— Je n'aime pas jouer à cache-cache, ni au ballon, prévint-elle.

— Moi non plus.

Blanca sourit et elle me tendit à nouveau la main. Cette fois, je fis un gros effort et l'embrassai.

— Est-ce que tu aimes les histoires ? lui demandai-je.

— C'est ce qui me plaît le plus au monde. J'en sais quelques-unes que peu de gens connaissent, dit-elle. Mon père les écrit pour moi.

— Moi aussi, j'écris des histoires. Je les invente, plutôt, et je les apprends par cœur.

Blanca fronça les sourcils.

— Voyons ça. Raconte-m'en une.

— Maintenant ?

Elle fit oui de la tête, d'un air de défi.

J'espère que ce n'est pas une histoire de princesse, menaça-t-elle. Je déteste les princesses.

— Ben, il y a une princesse… mais elle est très méchante.

Son visage s'illumina.

— Très méchante, comment ?

2

Ce matin-là, Blanca devint ma première lectrice, mon premier public. Je lui racontai du mieux que je pus mon histoire de princesses et de sorciers, de maléfices et de baisers empoisonnés dans un univers de sortilèges et de palais vivants qui rampaient telles des bêtes infernales dans les étendues désertiques d'un monde enténébré. À la fin du récit, comme l'héroïne s'abîmait dans les eaux glacées d'un lac noir, une rose maudite dans les mains, Blanca fixa pour toujours le cours de ma vie en laissant échapper une larme, murmurant, émue et libérée de ce vernis de petite fille de bonne famille, qu'elle avait trouvé mon histoire très belle. J'aurais donné ma vie entière pour que cet instant ne s'évanouisse jamais. L'ombre d'Antonia qui se découpait à nos pieds me ramena à la triste réalité.

— Allons-y, mademoiselle Blanca, tout de suite, votre père n'aime pas que nous arrivions tard pour le déjeuner.

La domestique l'écarta de moi et la tira dans la rue, mais je soutins le regard de Blanca jusqu'à ce que sa silhouette disparaisse, et je la vis me saluer de la main. Je ramassai ma veste et l'enfilai, et je sentis la chaleur et le parfum de Blanca sur moi. Je souris intérieurement, et je compris que pour la première fois de ma vie j'étais heureux, même l'espace de quelques secondes, et qu'ayant goûté la saveur de ce poison, mon existence ne serait plus jamais la même.

Ce soir-là, tandis que nous dînions d'une soupe et d'un morceau de pain, mon père me regarda sévèrement.

— Je te trouve différent. S'est-il passé quelque chose ?

— Non, père.

Je me couchai tôt, fuyant l'humeur sombre que dégageait mon père. Je m'étendis sur mon lit dans le noir et je pensai à Blanca, aux histoires que j'avais envie d'inventer pour elle, et je m'aperçus que je ne savais pas où elle habitait, ni si je la reverrais, et quand.

Je passai les jours suivants à la chercher. Dès que mon père tombait de sommeil ou fermait la porte de sa chambre et s'abandonnait à son singulier oubli, je sortais et j'allais dans le bas de mon quartier pour parcourir les ruelles étroites et obscures autour du passage du Born dans l'espoir de rencontrer Blanca ou sa redoutable domestique. J'en vins à connaître par cœur chaque recoin et chaque ombre de ce labyrinthe de rues dont les murs avaient l'air de converger les uns vers les autres pour se refermer en un lattis de tunnels. Les anciennes voies des corporations médiévales traçaient un réticule de corridors en partant de la basilique de Santa Maria del Mar et en s'entrelaçant en un nœud de passages, d'arcs et d'impossibles sinuosités où la lumière du soleil pénétrait à peine quelques minutes par jour. Gargouilles et ressauts signalaient les jonctions entre d'anciens palais en ruine et des constructions qui s'empilaient les unes sur les autres comme des rochers sur une falaise de fenêtres et de tours. À la tombée du jour, je rentrai chez moi, épuisé, au moment où mon père se réveillait.

Le sixième jour, alors que je commençais à croire que j'avais rêvé cette rencontre, je m'engageai dans la rue des Miroitiers en direction de l'entrée latérale de la cathédrale. Un brouillard épais était tombé sur la ville et il se coulait au long des rues comme un voile blanchâtre. Le portail de l'église était ouvert. J'y vis, se découpant sur l'entrée, la silhouette d'une femme et d'une fillette vêtues de blanc que la brume enveloppa à la seconde. Je courus et pénétrai dans la basilique. L'appel d'air attirait le brouillard à l'intérieur de l'édifice, où un voile de vapeur fantomatique flottait au-dessus des rangées de bancs de la nef centrale, éclairé par la flamme des bougies. Dans un confessionnal, je reconnus Antonia, la domestique, agenouillée dans une attitude de contrition et de supplique. La confession de cette harpie devait avoir le ton et la consistance du goudron, j'en étais convaincu. Blanca attendait, assise sur un banc, les pieds dans le vide, le regard perdu sur l'autel. J'approchai de l'extrémité du banc et elle tourna la tête. Quand elle me vit, son visage s'illumina, elle me sourit et cela me fit oublier d'un coup les interminables journées de malheur où j'avais essayé de la retrouver. Je m'assis à côté d'elle.

— Qu'est-ce que tu fais là ? demanda-t-elle.

— Je venais à la messe, improvisai-je.

— Ce n'est pas l'heure de la messe, rit-elle.

Je n'avais pas envie de lui mentir et je baissai les yeux. Je n'eus pas besoin de lui dire quoi que ce soit.

— Toi aussi, tu m'as manqué, dit-elle. Je pensais que tu m'avais oubliée.

Je fis non de la tête. Je puisai dans cette atmosphère de brumes et de murmures le courage de lui faire une déclaration que j'avais composée pour un de mes contes tramé de magie et d'héroïsme.

— Je ne pourrai jamais t'oublier, dis-je.

Ces mots auraient sonné creux et ridicules ailleurs que dans la bouche d'un garçon de huit ans qui ne savait peut-être pas ce qu'il disait, mais qui l'éprouvait. Blanca me fixa, droit dans les yeux, avec un regard étonnamment triste pour une petite fille, et elle me serra la main avec force.

— Promets-moi que tu ne m'oublieras jamais.

Au bout de la rangée de bancs, la domestique Antonia nous contemplait avec aversion, apparemment délivrée de tout péché à présent et prête à recommencer.

— Mademoiselle Blanca ?

Blanca ne détourna pas le regard de mon visage.

— Promets-le-moi.

— Je te le promets.

La domestique emmena une fois de plus mon unique amie. Je la regardai s'éloigner dans la travée centrale de la basilique puis disparaître par le portail arrière donnant sur le passage du Born. Cette fois, pourtant, une pointe de malignité vint teinter ma mélancolie. Quelque chose me disait que la domestique était une femme à la moralité fragile et qu'elle devait fréquenter assidûment le confessionnal afin d'expier ses fautes. Les cloches de l'église sonnèrent quatre heures de l'après-midi et un plan germa dans mon esprit.

À partir de ce jour, je me présentai toutes les après-midis à la basilique de Santa Maria del Mar à quatre heures moins le quart, et je m'asseyais sur un des bancs proches des confessionnaux. Il ne passa pas deux jours avant que je les visse réapparaître. J'attendis que la domestique s'agenouillât dans le confessionnal pour m'approcher de Blanca.

— Un jour sur deux, à quatre heures, me murmura-t-elle.

Sans perdre une seconde, je la pris par la main et l'emmenai faire un tour dans la basilique. J'avais imaginé pour elle une histoire qui se déroulait précisément là, entre les colonnes et les chapelles latérales de l'église, avec un duel final entre un esprit maléfique façonné avec de la cendre et du sang et un chevalier héroïque, duel qui avait lieu dans la crypte située sous l'autel. Cette histoire serait le premier épisode d'un feuilleton d'aventures, d'épouvante et d'amour de haute précision que j'inventerais pour Blanca et intitulerais *Les Spectres de la Cathédrale*, et que je considérais, dans mon immense vanité d'auteur novice, comme rien moins que ce qui se faisait de mieux dans le genre, ou peu s'en fallait. Je terminai le premier épisode juste à temps pour regagner le confessionnal et retrouver la domestique, qui ne me vit pas cette fois parce que je m'étais caché derrière une colonne. Blanca et moi nous retrouvâmes tous les deux jours à cet endroit pendant deux semaines. Nous partagions des histoires et des rêves d'enfant pendant que la domestique martyrisait le curé avec le décompte prolifique de ses péchés.

À la fin de la deuxième semaine, le confesseur, un curé aux allures de pugiliste à la retraite, repéra ma présence et il ne tarda pas à en tirer des conclusions. J'allais m'esquiver quand il me fit signe d'approcher du confessionnal. Convaincu par son air de boxeur, j'obéis. Je m'agenouillai dans le confessionnal, tremblant devant l'évidence que ma ruse avait été dévoilée.

— *Ave María Purísima*, murmurai-je derrière la grille.

— Tu trouves que j'ai une tête de bonne sœur, sale bête ?

— Pardonnez-moi, mon père. Je ne sais pas ce que je dis.

— On ne te l'a pas appris à l'école ?

— Le maître est athée et il dit que vous, les curés, vous êtes un instrument du capital.

— Et lui, de qui est-il l'instrument ?

— Il ne l'a pas dit. Je crois qu'il pense qu'il est un agent libre.

Le curé rit.

— Où as-tu appris à parler comme ça ? À l'école ?

— En lisant.

— En lisant quoi ?

— Tout ce que je peux.

— Lis-tu la parole du Seigneur ?

— Le Seigneur écrit, lui aussi ?

— Continue de faire ton petit malin, va, et tu finiras dans les flammes de l'enfer.

Je déglutis.

— Est-ce que je dois vous raconter mes péchés maintenant ? murmurai-je, affolé.

— Ce n'est pas la peine. Ils sont écrits sur ton front. Qu'est-ce que c'est que cette embrouille quasi quotidienne avec la domestique et la petite fille ?

— Quelle embrouille ?

— Je te rappelle que ceci est un confessionnal et que si tu mens à un curé, Notre Seigneur peut aussi bien te foudroyer d'un rayon destructeur quand tu sortiras, menaça le confesseur.

— C'est sûr ?

— Si j'étais toi, je ne prendrais pas le risque. Allez, crache le morceau !

— Par quoi je commence ? demandai-je.

— Épargne-moi les tripotages et les gros mots et dis-moi ce que tu fais tous les jours dans ma paroisse à quatre heures de l'après-midi.

La génuflexion, la pénombre et l'odeur de cire ont quelque chose qui invite à décharger sa conscience. Je confessai tout, jusqu'à mon premier éternuement. Le curé écoutait en silence et il se raclait la gorge dès que je m'arrêtais. À la fin de ma déclaration, alors que je supposais qu'il allait m'envoyer directement aux enfers, je l'entendis éclater de rire.

— Vous ne m'imposerez pas de pénitence ?

— Comment t'appelles-tu, gamin ?

— David Martín, monsieur.

— Mon père, pas monsieur. Monsieur, c'est ton père, ou le Très-Haut, et moi je ne suis pas ton père, je suis *un* père, père Sebastián en l'occurrence.

— Pardonnez-moi, père Sebastián.

— "Père", ça suffit. Et celui qui pardonne, c'est le Seigneur. Moi, je ne fais qu'administrer. Revenons à nos moutons. Pour aujourd'hui je te laisse partir avec une simple mise en garde et deux Ave. Et comme je crois que le Seigneur, dans son infinie sagesse, a choisi ce chemin insolite pour obtenir que tu approches de l'église, je te propose un marché. Un jour sur deux, une demi-heure avant ta rencontre avec ta petite demoiselle, tu viendras m'aider à faire le ménage dans la sacristie. En échange, je retiendrai la domestique au moins une demi-heure pour te laisser du temps.

— Vous feriez cela pour moi, mon père ?

— *Ego te absolvo in nomine Patris et Filii et Spiritus Sancti*. Et maintenant, file.

3

Le père Sebastián se révéla être un homme de parole. J'arrivais une demi-heure plus tôt et je l'aidais dans la sacristie parce que le pauvre homme, à moitié estropié, se débrouillait difficilement tout seul. Il aimait écouter mes histoires, qu'il qualifiait de petits blasphèmes à caractère véniel et qui l'amusaient, spécialement les contes comportant des fantômes et des sortilèges. Il me donna l'impression d'être un homme aussi solitaire que moi qui, quand je lui confessai que Blanca était ma seule amie, se débrouilla pour m'aider. Je ne vivais que pour ces rencontres.

Blanca apparaissait toujours pâle et souriante, dans une robe couleur ivoire. Elle portait toujours des chaussures neuves et des colliers avec des médailles d'argent. Elle écoutait les histoires que j'inventais pour elle et me parlait de son monde et de la grande et sombre demeure où son père était allé vivre, près de là, un endroit qui lui faisait peur et qu'elle détestait. Parfois, elle parlait de sa mère, Alicia, avec qui elle vivait dans la vieille maison de famille du quartier de Sarrià. D'autres jours, au bord des larmes, elle évoquait son père qu'elle adorait, mais qui, disait-elle, était malade et sortait à peine de chez lui.

— Mon père est écrivain, racontait-elle. Comme toi. Mais il ne m'écrit plus de contes comme avant. Maintenant, il n'écrit que pour un seul homme qui lui rend visite de temps en temps la nuit, dans sa maison. Je ne l'ai jamais vu, mais une fois où je suis restée dormir chez lui, je les ai entendus parler très longtemps, enfermés dans le bureau de mon père. Cet homme n'est pas bon. Il me fait peur.

Toutes les après-midis, quand je lui disais au revoir, je rentrais chez moi et je rêvais éveillé au moment où j'irais la délivrer de son existence remplie d'absences, du visiteur nocturne qui l'inquiétait, de cette vie sous cloche qui lui volait quotidiennement la lumière du jour. Toutes les après-midis je me disais que je ne l'oublierais pas, et que simplement en me souvenant d'elle je pourrais la sauver.

Par un jour de novembre qui se leva sur un ciel bleu et du givre aux fenêtres, je sortis comme d'habitude à sa rencontre, mais Blanca ne vint pas à notre rendez-vous. Pendant deux semaines, j'attendis tous les jours en vain dans la basilique l'apparition de mon amie. Je la cherchai partout, et quand mon père, un soir, me surprit en pleurs, je mentis et lui dis que j'avais mal aux dents, alors qu'aucune dent jamais n'aurait pu me faire souffrir autant que cette absence. Le père Sebastián commençait à s'inquiéter de me voir attendre là tous les jours comme une âme en peine et il finit par s'asseoir à côté de moi pour tenter de me consoler.

— Tu ferais peut-être mieux d'oublier ton amie, David.

— Je ne peux pas. Je lui ai promis de ne jamais l'oublier.

Un mois s'était écoulé depuis sa disparition quand je m'aperçus que je commençais à l'oublier. J'avais cessé d'aller à l'église tous les deux jours, d'inventer des histoires pour elle, de convoquer son image dans le noir tous les soirs au moment de m'endormir. J'avais commencé à oublier le son de sa voix, son parfum et la lumière de son visage. Lorsque je compris que j'étais en train de la perdre, j'eus envie d'aller voir le père Sebastián pour le supplier de me pardonner, pour qu'il arrache la douleur qui me dévorait de l'intérieur et me rappelait clairement que j'avais manqué à ma promesse, que je m'étais montré incapable de conserver le souvenir de l'unique amie que j'avais jamais eue.

Je vis Blanca pour la dernière fois au début du mois de décembre. J'étais sorti et sur le seuil de la maison, je regardais l'eau tomber quand je l'aperçus. Elle marchait seule sous la pluie, ses souliers vernis blancs et sa robe ivoire maculés d'éclaboussures des flaques. Je courus à sa rencontre et je vis qu'elle pleurait. Je lui demandai ce qui s'était passé et elle m'enlaça. Elle me dit que son père était très malade et qu'elle s'était enfuie de chez elle. Je lui dis qu'elle n'avait pas à avoir peur, nous partirions ensemble, je volerais l'argent s'il le fallait pour acheter deux billets de train et nous quitterions la ville pour toujours. Blanca me sourit et m'étreignit. Nous restâmes enlacés en silence sous les échafaudages du chantier de construction du siège de l'Orphéon catalan, lorsqu'une grande voiture noire se fraya un passage dans la masse vaporeuse de l'orage et s'arrêta devant nous. Une silhouette sombre descendit du véhicule. C'était Antonia, la domestique. Elle m'arracha Blanca des bras et la poussa dans la voiture. Blanca hurla et quand je tentai de la rattraper par le bras, la domestique se retourna et me gifla de toutes ses forces. Je tombai à la renverse sur les pavés, étourdi par le coup. Quand je me relevai, la voiture s'éloignait.

Je courus derrière sous la pluie jusqu'au chantier de percement de l'avenue Laietana dont le tracé formait un long vallon détrempé qui avançait, détruisant au passage, à coups de dynamite et de grues de démolition, une jungle de ruelles et de maisons du quartier de la Ribera. Esquivant les nids-de-poule et les flaques, le véhicule creusait son avance. Dans mon effort pour ne pas perdre sa trace, je grimpai sur un tas de pavés et de terre qui bordait une tranchée inondée par la pluie. Soudain, je sentis le terrain qui cédait sous mes pieds et je glissai avec. Je roulai dans la tranchée et m'écrasai à plat ventre dans la mare qui s'était formée au fond du trou. Quand je réussis à me remettre debout et à sortir la tête de l'eau boueuse dans laquelle j'étais enfoncé jusqu'à la taille, je m'aperçus qu'elle était souillée et pleine d'araignées noires qui flottaient et se déplaçaient à la surface. Les bestioles se jetèrent sur moi et recouvrirent mes mains et mes bras. Pris de panique, je hurlai en les agitant tout en escaladant les parois de boue de la tranchée inondée. Quand je parvins à en sortir, le véhicule se perdait déjà dans la partie basse de la ville, et sa trace s'évanouissait derrière le voile de pluie. Trempé jusqu'aux os, je me traînai sur le chemin de la maison où mon père dormait encore, enfermé dans sa chambre. Je me déshabillai et me couchai, tremblant de froid et de rage. Je distinguai alors les petits points rouges sanguinolents qui recouvraient mes mains et mes bras. Des morsures. Les araignées de la tranchée n'avaient pas perdu de temps. Je sentis le venin qui me brûlait le sang et je perdis connaissance, sombrant dans un abîme d'obscurité, entre la conscience et le sommeil.

Je rêvai que je parcourais les rues désertes du quartier à la recherche de Blanca, sous l'orage. La pluie noire criblait les façades et la lueur des éclairs laissait entrevoir des silhouettes au loin. Un long véhicule noir se traînait dans le brouillard. Blanca voyageait à l'intérieur, elle frappait les vitres de ses poings et hurlait. Je suivais ses cris jusqu'à une rue étroite et ténébreuse où j'apercevais la voiture s'arrêtant devant une grande bâtisse sombre qui se tordait pour devenir une haute tour poignardant le ciel. Blanca descendait du véhicule, me regardait et tendait les mains vers moi dans un geste suppliant. Je voulais courir vers elle, mais mes pas me permettaient à peine de parcourir quelques mètres. À ce moment précis, la longue silhouette noire apparaissait à la porte de la demeure, un grand ange au visage de marbre qui me regardait et souriait comme un loup, déployait ses ailes noires sur Blanca et l'enveloppait de son étreinte. Je criais, mais un silence absolu s'était abattu sur la ville. La pluie resta suspendue dans l'air un instant infini, un million de larmes de cristal qui flottaient dans le vide, et je vis l'ange baiser le front de Blanca et ses lèvres marquer sa peau au fer rouge. Lorsque la pluie toucha le sol, tous deux avaient disparu à jamais.

SANS NOM

Barcelone, 1905

Des années plus tard, on me raconta qu'elle avait été vue pour la dernière fois alors qu'elle s'engageait dans la sombre avenue menant aux portes du cimetière de l'Est. Le jour tombait et un vent du nord glacé charriait une voûte nuageuse rougeoyante sur la ville. Elle marchait seule, tremblant de froid, laissant derrière elle la trace de pas hésitants sur la neige qui avait commencé à tomber dans l'après-midi. Arrivée devant l'entrée du cimetière, la fille s'arrêta un instant pour reprendre son souffle. Une forêt d'anges et de croix pointait derrière le mur d'enceinte. Un effluve fétide de fleurs mortes, de chaux et de soufre vint lui lécher le visage pour l'inviter à entrer. Elle allait reprendre sa route quand un élancement très douloureux lui vrilla les entrailles tel un fer incandescent. Elle porta les mains à son ventre et inspira profondément pour combattre la nausée. Durant un instant interminable, il n'exista plus rien d'autre que la souffrance et la peur de ne pas pouvoir faire un pas de plus, de tomber évanouie devant la grande porte du cimetière, d'être découverte là à l'aube, statue de glace et de givre enlacée aux grilles à pointes de lance, l'enfant qu'elle portait en elle irrémédiablement enserré dans un sarcophage de glace.

Cela aurait été si facile de s'abandonner là, allongée sur la neige, et de fermer les yeux pour toujours. Mais elle sentait battre ce souffle de vie dans ses tripes, un souffle qu'elle ne voulait pas éteindre et qui la maintenait debout, et elle sut qu'elle ne céderait ni au froid ni à la souffrance. Elle trouva en elle et rassembla des forces qu'elle ignorait posséder et elle se remit debout. Faisant fi des douleurs qui se nouaient dans son ventre, elle hâta le pas. Elle ne s'arrêta qu'après avoir laissé derrière elle le labyrinthe de tombeaux et de statues moisies. Alors seulement, en levant les yeux, elle ressentit une lueur d'espoir en apercevant la grande grille en fer forgé de la Vieille Fabrique de Livres qui se découpait dans les ténèbres du crépuscule.

Au-delà, Poble Nou s'étendait en direction d'un horizon de cendres et d'ombre. La ville des fabriques et des usines dessinait le reflet sombre d'une Barcelone ensorcelée par les centaines de cheminées qui se vidaient de leur haleine noire sur un ciel écarlate. À mesure qu'elle s'enfonçait dans l'écheveau de ruelles coincées entre des bâtiments et des entrepôts lugubres, la fille reconnut certains des grands établissements qui faisaient vivre tout le faubourg, l'usine textile Can Saladrigas ou le château d'eau du Besòs. La Vieille Fabrique de Livres tranchait sur toutes les autres. Elle tenait son aspect extravagant de tours et de ponts suspendus qui suggéraient l'œuvre d'un architecte diabolique qui aurait découvert comment enfreindre les lois de la perspective. Coupoles, minarets, cheminées se chevauchaient dans un capharnaüm de voûtes et de bâtiments soutenus par des dizaines d'arcs-boutants et de colonnes. Sculptures, ressauts et encorbellements serpentaient sur ses murs, et les tours lanternes percées de grandes fenêtres projetaient des rais de lumière fantomale.

La jeune fille observa la batterie de gargouilles qui parachevaient les corniches et suppuraient des traînées de vapeur à l'odeur amère d'encre et de papier. La douleur embrasant de nouveau ses entrailles, elle se dépêcha d'atteindre l'imposante entrée principale et elle actionna le heurtoir. L'écho amorti d'une cloche se fit entendre au-delà de la grande porte en fer forgé. La fille regarda derrière elle et constata qu'en quelques instants à peine la neige avait recouvert la trace de ses pas. Le vent glacé, coupant, l'acculait contre la porte. Elle actionna à nouveau la sonnette sans obtenir de réponse. La maigre clarté paraissait disparaître par moments autour d'elle, l'obscurité s'étendant rapidement à ses pieds. Consciente qu'il lui restait peu de temps, elle recula de quelques pas et scruta les grandes fenêtres de la façade principale. Une silhouette se découpait derrière un des vitraux en verre fumé, immobile, telle une araignée au centre de sa toile. La fille ne parvenait pas à voir le visage ou à reconnaître autre chose que la ligne d'un corps féminin, mais elle se sut observée. Elle agita les bras et haussa la voix pour demander de l'aide. La silhouette demeura figée, et soudain la lumière s'éteignit derrière elle. La grande fenêtre devint complètement noire, mais la fille réussit à distinguer deux yeux qui la fixaient dans l'ombre, immobiles, brillants au crépuscule. Pour la première fois, la peur lui fit oublier le froid et la douleur. Elle tira sur le heurtoir une troisième fois et, comprenant qu'elle n'obtiendrait pas plus de réponse, elle frappa la porte de ses poings et cria. Elle tambourina tant et tant qu'elle en eut les mains en sang, elle implora aide et secours jusqu'à se briser la voix, et ses jambes ne la portèrent plus. Prostrée au sol dans une flaque d'eau gelée, elle ferma les yeux et écouta le battement de la vie dans son ventre. La neige recouvrit rapidement son visage et son corps.

La nuit s'étendait désormais telle de l'encre renversée lorsque la porte s'ouvrit, projetant sur elle un éventail de lumière. Deux hommes qui portaient des lampes à gaz s'agenouillèrent auprès d'elle. L'un d'eux, corpulent et le visage grêlé de petite vérole, écarta les cheveux sur le front de la jeune fille qui ouvrit les yeux et lui sourit. Les deux hommes échangèrent un regard et le second, plus jeune et mince, signala une chose qui brillait sur la main de la fille. Un anneau. Il fit le geste de le lui arracher, mais son compagnon l'arrêta.

À eux deux, ils la relevèrent. Le plus âgé et le plus fort la prit dans ses bras et il ordonna à l'autre de courir chercher de l'aide. Le jeune obtempéra en maugréant avant de se perdre dans la nuit. Les yeux rivés sur ceux du gros homme qui la portait, la fille murmura un mot qui ne parvenait pas à se former sur ses lèvres craquelées par le froid. *Merci, merci.*

L'homme, qui boitait légèrement, la conduisit dans ce qui ressemblait à un garage situé tout à côté de l'entrée de la fabrique. Une fois à l'intérieur, la jeune fille entendit d'autres voix et elle sentit plusieurs bras qui la soutenaient et l'allongeaient sur une table en bois, devant un feu. La chaleur des flammes fit fondre peu à peu les larmes de glace qui perlaient sur ses cheveux et son visage. Deux filles aussi jeunes qu'elle, en tenue de servante, l'enveloppèrent dans une couverture et lui frottèrent les bras et les jambes. Des mains qui sentaient les épices portèrent un verre de vin chaud à ses lèvres. Le liquide tiède coula en elle comme un baume.

Étendue sur la table, la fille scruta du regard la salle et elle constata qu'elle se trouvait dans une cuisine. Une des domestiques plaça des torchons sous son crâne et la jeune fille laissa tomber sa tête en arrière. Dans cette position, elle pouvait voir la pièce à l'envers, les casseroles, les poêles et les accessoires suspendus au mépris de la gravitation. C'est alors qu'elle la vit entrer. Le visage pâle et serein, la dame en blanc avançait lentement depuis la porte, comme si elle marchait au plafond. Les servantes s'écartèrent sur son passage et l'homme corpulent se retira rapidement en baissant les yeux d'un air craintif. La fille entendit s'éloigner les pas et les voix et elle comprit qu'elle restait seule avec la dame en blanc, qu'elle vit se pencher sur elle. Elle sentit son souffle chaud et doux.

— N'aie pas peur, murmura la dame.

Ses yeux gris l'examinaient en silence, et le dos de sa main, une peau d'une douceur inconnue pour elle, frôlait sa joue. La dame, songea-t-elle, avait la présence et le port d'un ange déchu tombé du ciel au milieu des toiles d'araignées de l'oubli. Elle chercha refuge dans son regard. La dame lui sourit et caressa son visage avec une infinie délicatesse. Elles demeurèrent ainsi pendant presque une demi-heure, dans un quasi-silence, avant qu'une clameur ne parvînt de la cour et que les servantes n'entrassent, accompagnées de l'homme jeune et d'un monsieur engoncé dans un épais manteau qui portait une grande mallette noire à la main. Le docteur s'approcha et prit son pouls. Il l'observait avec nervosité. Il palpa son ventre et soupira. La jeune fille entendit à peine les ordres qu'il donnait aux servantes et aux serviteurs qui s'étaient rassemblés autour du feu. Elle eut seulement la force de demander dans un filet de voix si son enfant naîtrait sain et sauf. Le docteur, dont l'expression du visage indiquait qu'il donnait la mère et l'enfant pour morts, se contenta d'échanger un regard avec la dame en blanc.

— David, murmura la jeune fille. Il s'appellera David.

La dame opina de la tête et l'embrassa sur le front.

— Maintenant, tu dois être forte, lui murmura-t-elle en lui prenant la main avec fermeté.

Des années plus tard, j'appris que cette jeune fille de dix-sept ans à peine demeura allongée totalement silencieuse, sans pousser un seul gémissement, les yeux ouverts, et que les larmes coulaient sur ses joues pendant que le docteur lui ouvrait le ventre avec un bistouri et mettait au monde un bébé qui ne garderait le souvenir de sa mère qu'à travers les paroles de personnes étrangères. Je me suis demandé un nombre incalculable de fois si je parviendrais un jour à voir la façon dont la dame en blanc lui tourna le dos pour prendre le bébé et le blottir contre son sein de soie blanche, tandis qu'elle tendait les bras et suppliait qu'on la laisse contempler son fils. Je me suis souvent demandé si cette jeune fille avait pu entendre les pleurs de son fils qui s'éloignait dans les bras d'une autre femme lorsqu'ils la laissèrent seule dans cette pièce, où elle resta allongée dans une mare de sang, avant qu'on revienne envelopper son corps encore tremblant dans un linceul. Je me suis demandé si elle sentit la servante forcer pour retirer l'anneau de sa main gauche, lui arrachant la peau pour le lui voler tandis que son corps était traîné à nouveau dans la nuit, et que les deux hommes, ses sauveteurs, la hissaient sur un chariot couvert. Je me suis demandé de très nombreuses fois si elle respirait encore lorsque les chevaux s'arrêtèrent et que les deux hommes attrapèrent le linceul pour le lancer dans la ravine qui charriait les eaux résiduaires d'une centaine de fabriques en direction de l'étendue désolée de baraques et de cabanes de roseaux et de cartons qui couvraient la plage du Bogatell.

J'ai voulu croire qu'au dernier moment, quand les eaux fétides la crachèrent dans la mer et que le linceul qui l'enveloppait se déploya dans le courant pour livrer son corps aux ténèbres sans fond, elle sut que le garçon qu'elle avait enfanté vivrait et garderait à jamais son souvenir.

Je n'ai jamais connu son nom.

Cette jeune fille était ma mère.

UNE DEMOISELLE DE BARCELONE

Laia avait cinq ans la première fois que son père la vendit. Ce fut un pacte innocent et guidé par la pitié, sans autre malice que celle suscitée par la faim et les dettes à régler de toute urgence. Eduardo Sentís, photographe et portraitiste sans fortune ni gloire, venait de recevoir en héritage le studio de l'homme qui avait été son mentor et son patron pendant plus de vingt ans. Il avait commencé là comme apprenti avant d'être stagiaire, puis assistant et enfin photographe et attaché de direction, dernières fonctions dont il reçut le titre mais non le salaire. Installé dans un grand local situé au rez-de-chaussée, rue Consell de Cent, le studio comprenait quatre plateaux, deux chambres noires et une réserve débordant de matériel désuet et en piteux état. Avec le studio, Eduardo hérita aussi les nombreux impayés laissés par son patron, un homme davantage intéressé par les plaques et les objectifs que par la tenue rigoureuse des comptes. Quand le vieil homme mourut, Eduardo Sentís ne touchait plus de salaire depuis au moins six mois. Selon les termes de l'exécuteur testamentaire, le commerce et le très misérable patrimoine qui l'accompagnait lui étaient cédés *post mortem* comme une juste récompense pour son dévouement fervent et strict. Dès que les sténographes eurent mis en lumière les comptes de l'entreprise, Eduardo Sentís comprit qu'en échange de lui avoir consacré ses jeunes années et ses efforts, son patron lui léguait une pure malédiction bien plus qu'un héritage. Il dut se séparer de tous les employés et affronter seul la question de la survie du studio et la sienne. Jusqu'à ce moment-là, une bonne partie du chiffre d'affaires de l'entreprise provenait des divers événements familiaux notables, les mariages, les baptêmes, les funérailles, les communions. Le thème pompes funèbres et enterrements constituait une spécialité de la maison, et Eduardo Sentís s'était habitué à mieux éclairer et photographier les défunts que les vivants, les premiers ne sortant jamais du cadre au cours des longues séances d'exposition pour la bonne raison qu'ils ne bougeaient pas et qu'ils n'avaient pas à retenir leur respiration.

Ce fut sa réputation de portraitiste des ténèbres qui lui valut une commande en apparence simple et sans grande complication. Margarita Pons, une enfant de cinq ans, fille d'un couple fortuné propriétaire d'un hôtel particulier sur l'avenue du Tibidabo et d'une fabrique avec sa cité ouvrière sur les bords du Ter, était décédée de fièvres étranges le Jour de l'an 1898. Sa mère, madame Eulàlia, avait sombré dans une dépression nerveuse que les médecins de la famille s'étaient empressés d'apaiser par de généreuses doses de laudanum. M. Federico Pons, *pater familias* et homme qui ne laissait ni place ni temps au sentimentalisme, avait vu mourir plus d'un enfant et il ne versa pas une larme, n'émit pas une plainte. Il avait déjà un héritier, un enfant mâle, premier-né et en parfaite santé, réceptif et manifestant des capacités. La perte d'une fille était certes un événement triste, mais qui représentait une économie pour le patrimoine familial, à moyen et long terme. Son intention était de célébrer les funérailles et de procéder rapidement à l'enterrement dans le panthéon familial du cimetière de Montjuïc afin de reprendre le plus vite possible le labeur quotidien. Mais madame Eulàlia, personne fragile et encline à se laisser embobiner par les mornes dames de la société spirite La Lumière sise rue Elisabets, n'était pas en condition de tourner la page de façon aussi déterminée. Afin de mettre un terme à ses soupirs, monsieur Federico obtempéra au désir de son épouse de faire réaliser une série de portraits de l'enfant défunte avant que les employés des pompes funèbres ne procédassent à la mise en bière du cadavre dans un cercueil en ivoire constellé de cristaux bleus.

Le photographe de défunts Eduardo Sentís fut convoqué à l'hôtel particulier de l'avenue du Tibidabo où résidaient les Pons. La propriété, à laquelle on accédait par une porte grillagée métallique au coin de l'avenue et de la rue Josep Garí, était protégée des regards par de grands arbres touffus. La journée était grise et sinistre comme une écharde de cet hiver hostile et brumeux qui avait apporté une bien mauvaise fortune à ce pauvre Sentís. Il ne savait à qui confier sa fille Laia et il l'emmena avec lui. Il monta dans le tramway bleu, tenant sa fillette d'une main et sa mallette à objectifs et à soufflets de l'autre, puis il attendit devant la porte de l'hôtel particulier des Pons, animé par l'idée de commencer l'année avec des espèces sonnantes et trébuchantes.

Un serviteur le reçut et le conduisit à travers le jardin jusqu'à la demeure, où il fut accompagné dans la petite salle d'attente. Laia regardait tout autour d'elle avec fascination, elle n'avait jamais vu un tel endroit, il avait l'air sorti d'un conte de fées, de ceux avec une marâtre perfide et des miroirs empoisonnés de mauvais souvenirs. Des lustres en cristal pendaient du plafond, des statues flanquaient les murs décorés de tableaux et d'épais tapis persans couvraient le sol. En contemplant cette fortune en objets inutiles, Sentís fut tenté d'augmenter ses tarifs. M. Federico Pons le reçut, lui jeta à peine un coup d'œil et s'adressa à lui sur le ton qu'il réservait aux larbins et aux ouvriers de l'usine. Il lui donna une heure pour réaliser une série de portraits de l'enfant défunte. Apercevant alors Laia, il fronça les sourcils d'un air désapprobateur. Il partageait avec tous les mâles de sa famille la conviction que le genre féminin n'avait d'utilité qu'au lit, à table ou à la cuisine, or cette morveuse n'avait ni l'âge ni le rang pour occuper un de ces trois endroits. Sentís excusa la présence de la fillette en alléguant le caractère d'urgence de la commande qui lui avait été faite et qui rendait impossible de trouver une personne à qui la confier. Monsieur Federico se contenta de pousser un soupir de désapprobation et il fit signe au photographe de le suivre dans l'escalier.

L'infante avait été installée dans une chambre du premier étage. Elle était étendue sur un grand lit couvert de lys blancs, les mains croisées sur le torse, un crucifix entre les doigts, une couronne de fleurs autour du front, vêtue d'une robe en soie vaporeuse. Deux serviteurs surveillaient la porte en silence. Un rai de lumière cendreuse tombait de la fenêtre sur le visage de la petite fille. Sa peau avait pris l'apparence et la couleur du marbre. Des veines bleues et noires jaspaient son teint quasiment transparent. Ses yeux étaient enfoncés dans les orbites et les lèvres étaient rouges. La chambre empestait les fleurs mortes.

Sentís dit à Laia d'attendre dans le couloir et il procéda au montage du trépied et de l'appareil photo en face du lit. Il calcula qu'il impressionnerait un total de six plaques de verre. Deux gros plans avec une lentille de longue focale. Deux plans taille et deux plans en pied. Tous pris sous le même angle parce qu'il pressentait qu'une photo de profil ou de trois quarts accentuerait le réseau de veines et de capillaires et rendrait les images encore plus sinistres, si c'était possible, que ce qu'imposait la situation. Une légère surexposition éclaircirait la peau et adoucirait l'image en donnant une aura plus chaude et diffuse au corps et une meilleure profondeur de champ et de détail dans les contours. Tandis qu'il préparait les lentilles, il distingua un mouvement à une extrémité de la chambre. Ce qu'il avait pris pour une statue en entrant dans la pièce se révéla être une femme tout en noir, le visage recouvert d'un voile. C'était madame Eulàlia, la mère de l'infante, qui sanglotait en silence et errait dans la chambre comme une âme en peine. Elle approcha de la petite et lui caressa le visage.

— Mon ange me parle, dit-elle à Sentís. Ne l'entendez-vous pas ?

Sentís hocha la tête affirmativement et poursuivit ses préparatifs. Plus tôt il sortirait d'ici, mieux ce serait. Une fois prêt à prendre les premières images, le photographe demanda à la mère de s'écarter un instant du champ de vision de l'appareil. Elle embrassa le cadavre sur le front et alla se placer derrière l'appareil photographique.

Totalement absorbé par sa tâche, Sentís ne s'était pas aperçu que Laia était entrée dans la chambre. Debout à côté de lui, figée, elle regardait la fillette morte étendue sur le lit. Avant qu'il ne pût réagir, Mme Pons s'approcha de Laia et s'agenouilla devant elle. "Bonjour, ma chérie. Est-ce toi, mon ange ?" demanda-t-elle. La maîtresse de maison prit la fille de Sentís dans ses bras et la serra contre sa poitrine. Sentís sentit son sang se glacer dans ses veines. La mère de la défunte chantait une berceuse pour Laia et la balançait doucement, et elle lui répétait qu'elle était son ange et que jamais plus elles ne seraient séparées. Entrant à cet instant, monsieur Federico retira la petite fille des mains de son épouse, qu'il emmena hors de la chambre. Madame Eulàlia pleurait et suppliait qu'on la laissât avec son ange, les bras tendus vers Laia. Dès qu'ils se retrouvèrent seuls, le photographe exposa les plaques le plus rapidement possible puis il rangea son matériel. Quand il sortit, monsieur Federico l'attendait dans l'entrée de la maison avec une enveloppe pour la rémunération de ses services. Sentís remarqua qu'elle contenait le double de la somme convenue. Monsieur Federico l'observait avec un regard à la fois intéressé et méprisant. Il lui fit son offre sur-le-champ : en échange d'une généreuse somme d'argent, le photographe accompagnerait sa fille le lendemain à l'hôtel particulier des Pons et il l'y laisserait jusqu'à la nuit tombée. Stupéfait, Sentís regarda sa fille, puis Pons. L'industriel doubla le montant initialement offert. Sentís refusa sans prononcer un mot. "Réfléchissez-y", lui dit Pons quand il partit.

Le photographe passa une nuit blanche. Laia trouva son père en pleurs dans l'obscurité du studio et elle lui prit la main. Elle lui dit de la conduire dans cette maison, qu'elle serait l'ange, elle jouerait avec la dame. Le lendemain, au milieu de la matinée, ils étaient à nouveau devant les portes de la vaste demeure. Un serviteur remit l'argent à Sentís et lui dit de revenir le soir, à sept heures. Le photographe regarda Laia disparaître à l'intérieur de l'hôtel particulier et il redescendit l'avenue d'un pas lourd jusqu'au premier café venu, à hauteur de la rue Balmes. Il commanda un verre de brandy, puis un autre, et d'autres encore, suivis de tous ceux qui furent nécessaires pour tenir jusqu'à l'heure d'aller chercher sa fille.

Ce jour-là, Laia joua avec madame Eulàlia et les poupées de la petite morte. Madame Eulàlia l'habilla avec les vêtements de la défunte, l'embrassa, la prit dans ses bras, lui raconta des histoires et lui parla de ses frères, de la tante, d'un chat qu'ils avaient eu mais qui s'était enfui. Elles jouèrent à cache-cache et elles montèrent au dernier étage. Elles coururent dans le jardin et elles goûtèrent devant la fontaine du patio, jetèrent des miettes de pain aux poissons rouges qui traversaient l'étang en tous sens. Alors que le soleil déclinait, madame Eulàlia s'étendit sur le lit avec Laia et elle but son verre d'eau avec du laudanum. Enlacées dans la pénombre, elles dormirent toutes deux jusqu'à ce qu'un serviteur réveillât Laia et la raccompagnât à la porte où son père l'attendait, les yeux rouges de honte. En la voyant, il tomba à genoux et l'étreignit. Le larbin lui tendit une enveloppe avec l'argent et lui donna les instructions pour revenir le lendemain à la même heure avec sa fille.

Laia se rendit à l'hôtel particulier des Pons tous les jours de la semaine pour se métamorphoser en petit ange, jouer avec ses joujoux et porter ses habits, répondre à son nom et s'effacer derrière l'ombre de la petite fille morte qui envoûtait chaque recoin de cette maison triste et sombre. Au sixième jour, ses souvenirs étaient ceux de la petite Margarita et son existence passée s'était évaporée. Elle était devenue cette présence désirée et elle avait appris à l'incarner encore plus intensément que la défunte elle-même. Elle avait appris à lire dans les regards et les désirs ardents, à écouter le tremblement des cœurs malades de la perte et à trouver les gestes et les frôlements qui consolaient l'inconsolable. Sans le savoir, elle avait appris à devenir quelqu'un d'autre, à n'être rien ni personne, à vivre dans la peau d'une autre. Jamais elle ne demanda à son père de ne plus la conduire là-bas, jamais non plus elle ne raconta ce qui se passait durant les longues heures où elle restait dans la demeure. Ivre d'argent et de soulagement, le photographe muselait sa conscience en arguant d'une prétendue bonne œuvre, d'un acte de compassion chrétienne. "Tu n'es pas obligée de retourner dans cette maison, si c'est ce que tu souhaites, tu m'entends ? lui répétait-il chaque soir en rentrant de chez les Pons. Mais nous leur faisons du bien."

Au septième jour, le petit ange se volatilisa. On raconta que madame Eulàlia s'était réveillée très tôt et que, ne trouvant pas la fillette à côté d'elle, elle s'était mise à la chercher frénétiquement dans toute la maison, pensant qu'elle jouait encore à cache-cache. Le laudanum et l'obscurité la conduisirent jusqu'au jardin, où elle crut entendre une voix et croiser le regard d'un petit ange au visage strié de veines bleues et aux lèvres noircies par le poison qui l'appelait sous les eaux de l'étang et l'invitait à s'y plonger et à accepter l'étreinte glacée et silencieuse des ténèbres qui l'entraînaient et lui murmuraient : "Mère, maintenant nous sommes ensemble pour toujours, comme tu le voulais."

Pendant des années, le photographe et sa fille parcoururent les villes et les villages de tout le pays avec leur cirque de mensonges et de plaisirs. À dix-sept ans, Laia savait déjà incarner des vies et des visages à partir de papiers froissés, d'une vieille photographie, d'un récit oublié ou de souvenirs qui se refusaient à mourir. Son art servait parfois à ressusciter la nostalgie d'un premier amour, secret et interdit, et sa chair tremblante s'éveillait sous les mains d'amants ayant déjà battu en retraite, de gens qui avaient pu tout acheter dans leur vie hormis ce qu'ils désiraient le plus et qui leur avait échappé.

Des commerçants pleins aux as et dépourvus de vie se réveillaient, pour quelques minutes peut-être, dans le lit de femmes que la jeune fille avait créées à partir d'un désir secret, des pages de journal ou un portrait de famille, et dont le souvenir les accompagnerait pour le reste de leur vie. En certaines occasions, le miracle de son art atteignait une perfection telle que le client perdait de vue qu'il ne s'agissait que d'une illusion pour brouiller ses sens et le droguer de plaisir pendant un moment. Il croyait alors que la jeune fille était la personne qu'elle prétendait être, que l'objet de son désir avait repris vie, et il refusait de la laisser partir. Il était prêt à perdre sa fortune ou l'existence stérile et vide qu'il avait menée jusqu'alors pour vivre le reste de son illusion dans les bras de cette jeune fille qui incarnait ce qu'il désirait le plus.

Quand cela se produisait, un cas de plus en plus fréquent dans la mesure où Laia avait appris à lire tellement précisément dans l'âme et le désir des hommes que même son père sentait certaines fois combien le jeu allait trop loin, ils se sauvaient tous les deux à l'aube comme des fugitifs, et ils partaient se cacher dans une autre ville, dans d'autres rues, pendant quelques semaines. Laia restait des journées entières terrée dans la suite d'un hôtel de luxe, passant presque tout son temps à dormir, plongée dans une torpeur de silence et de tristesse tandis que son père courait les casinos de la ville et perdait la fortune amassée en quelques jours. Les promesses d'abandonner cette vie se brisaient, et son père la prenait dans ses bras et lui murmurait qu'il n'y aurait plus qu'une seule fois, un dernier client, un seul, et qu'après ils se retireraient dans une maison au bord d'un lac où Laia n'aurait plus jamais à prêter vie aux désirs cachés d'un quelconque monsieur riche et malade de solitude. Son père mentait, Laia le savait, il mentait sans même s'en rendre compte, comme tous les grands menteurs qui se mentent d'abord à eux-mêmes et deviennent ensuite incapables d'apprécier la vérité, quand bien même on les poignarderait en plein cœur. Elle savait qu'il mentait et elle le lui pardonnait parce qu'elle l'aimait et elle souhaitait au fond que le jeu continue, désireuse de rencontrer rapidement un autre personnage auquel donner vie et remplir ainsi ne fût-ce que quelques jours ou quelques heures le grand vide croissant en elle qui la dévorait vive la nuit, quand, dans les draps de soie de suites d'hôtel de luxe, elle attendait le retour de son père ivre de liqueurs et d'échecs.

Chaque mois, Laia recevait la visite d'un homme d'âge mûr au visage défait que son père appelait le docteur Sentís. Cet homme fragile se protégeait derrière des lunettes qui cachaient, du moins le croyait-il, un regard empli de désespoir et de défaites. Il avait connu des jours meilleurs. Durant ses années de jeunesse et de prospérité, le docteur Sentís avait possédé un cabinet de consultation renommé dans la rue Ausiàs March, fréquenté par des dames et des demoiselles en âge de se marier ou de se rappeler cette époque. Les femmes de la crème de la bourgeoisie barcelonaise, allongées dans la pièce au plafond bleu, les jambes écartées, n'avaient aucun secret ni aucune pudeur pour le bon docteur. Ses mains avaient mis au monde des centaines d'enfants de bonne famille, quant à ses soins et ses conseils, ils avaient sauvé la vie ou au moins la réputation de patientes qui avaient été laissées dans une totale ignorance afin qu'une bonne partie de leur corps, celle qui s'embrasait et battait le plus, conservât davantage de secrets que le mystère de la Sainte-Trinité.

Le docteur Sentís avait les manières sereines et le ton amical et bénéfique de qui ne voit dans les choses de la vie ni honte ni motif à rougir. Affable et tranquille, il savait gagner la confiance et l'estime des femmes et des jeunes filles terrorisées par des sœurs et des frères temporaires qui ne se touchaient les parties honteuses que dans l'obscurité et à la requête expresse du Malin. Il leur expliquait sans rougeur ni simagrées le fonctionnement de leur corps, et il leur apprenait à ne ressentir aucune honte devant ce qui n'était selon lui que l'œuvre du Seigneur. Bien évidemment, un homme talentueux, rencontrant le succès, intègre et honnête, ne pouvait pas durer dans la bonne société, et son heure arriva, tôt plutôt que tard. La chute des justes vient toujours de la main de ceux qui leur doivent le plus. On ne trahit pas ceux qui veulent nous enfoncer mais ceux qui nous tendent la main, même si ce n'est que pour ne pas avoir à reconnaître la dette de gratitude que nous avons à leur égard.

Dans le cas du docteur Sentís, la trahison attendait son heure depuis longtemps. Pendant des années, le bon docteur s'était occupé d'une dame d'un certain rang dont la vie s'écoulait dans une union sans coups de griffe et presque aucun mot échangé avec un homme qu'elle connaissait à peine et avec qui elle avait couché deux fois en vingt ans. À force d'habitude, la dame avait appris à vivre le cœur bardé de toiles d'araignées, mais elle ne se résignait pas à réprimer le feu qui couvait au bas de son ventre, et dans une ville où nombreux étaient les messieurs qui aimaient traiter de saintes et de Vierges leurs épouses et de traînées et de racoleuses celles des autres, elle n'eut aucun mal à trouver des amants et autres oiseaux de passage avec qui tuer l'ennui et se rappeler qu'elle était vivante, même si ce n'était que du bas-ventre. Les aventures et les mésaventures dans des lits étrangers comportent leur part de risques et la dame n'avait aucun secret pour le bon docteur, qui faisait en sorte que ses chairs pâles et désirantes ne pâtissent d'aucun mal ni affection de douteuse réputation. Les potions, les onguents et les sages conseils prodigués par le bon docteur avaient maintenu la dame en état d'ardeur immaculée pendant des années.

La vie voulut toutefois – comme toujours dès qu'elle en a l'occasion –, que les bontés de l'aimable docteur lui soient retournées maculées de fiel et de méchanceté. Dans toutes les villes, la bonne société forme un milieu presque aussi restreint que le sont ses réserves d'honnêteté, et il était écrit que le jour maudit viendrait où, par misère, par dépit, ou mieux encore par intérêt, l'un ou l'autre des amants d'une demi-heure révélerait la vie secrète et ardente d'une femme solitaire et triste sous le regard acerbe de ses compagnes envieuses et de leurs époux concupiscents. L'histoire de la Catin en Bas de Soie, surnom dont l'affubla un cancanier qui se prenait pour un homme de lettres, courut comme le sang chaud dans les ragots d'une communauté qui vivait de la médisance et de la méfiance.

Des messieurs distingués se complaisaient à décrire sans omettre un détail et en gloussant les charmes de la dame dégradée au rang de Catin en Bas de Soie, et leurs non moins distinguées et méprisables épouses, faisant montre d'une virtuosité linguistique qu'elles n'avaient pas apprise à l'institution du Sacré-Cœur au cours de leurs onze années d'instruction, murmuraient les actes innommables réalisés par cette prostituée déchue, un temps leur amie, et la façon dont, à quatre pattes et la bouche pleine, elle avait corrompu l'âme et les génitoires de leurs époux et fils. En passant de bouche en bouche, l'histoire enfla et devint de plus en plus extravagante, et elle ne tarda pas à parvenir aux oreilles de l'auguste mari de ladite Catin en Bas de Soie. Par la suite, on affirma que personne n'en portait la responsabilité, que la dame avait quitté le domicile conjugal de sa propre initiative, abandonnant vêtements et bijoux, pour s'installer dans un appartement froid, dépourvu de lumière et de meubles de la rue Mallorca, et qu'un beau jour de janvier elle s'était étendue sur le lit face à la fenêtre ouverte, qu'elle avait avalé la moitié d'un verre de laudanum, que son cœur avait cessé de battre, et que ses paupières ouvertes au vent glacé de l'hiver s'étaient brisées sous l'effet du givre.

Elle fut retrouvée nue, avec pour seule compagnie une longue lettre à l'encre encore fraîche dans laquelle elle confessait son histoire dont elle rendait le docteur Sentís entièrement coupable, lui qui avec ses potions et ses paroles rusées lui avait tourné la tête pour qu'elle s'abandonnât à une vie de luxure dont seules pouvaient la sauver la prière et la rencontre avec le Seigneur aux portes du purgatoire.

La lettre, des copies ou des extraits, circula largement dans la bonne société, et en un mois le carnet de rendez-vous du cabinet de consultation du docteur Sentís se vida. Son visage taciturne et tranquille devint celui d'un paria à qui on accorde à peine un regard ou une parole. Après des mois difficiles, le docteur tenta de trouver un emploi dans les hôpitaux de la ville, mais personne ne voulut l'employer parce que le mari de la défunte, Catin en Bas de Soie devenue sainte martyre en voile blanc, avait le bras long ; il avait donné des ordres et il menaçait quiconque accorderait un répit au docteur Sentís de le rejoindre au pays des oubliés.

Avec le temps, le bon docteur devenu invisible dégringola des hauteurs dorées de la Barcelone nantie à ses bas-fonds abyssaux et à ses rues où des centaines de putains, sans bas de soie, et d'âmes déshéritées accueillirent ses services et son honnêteté, non pas avec l'argent qu'elles n'avaient pratiquement pas, mais du moins avec respect et gratitude. Contraint de brader son cabinet de consultation de la rue Ausiàs March et sa villa de Sant Gervasi pour survivre dans les années difficiles, le bon docteur acheta un modeste appartement dans la rue Comtal, où il mourrait des années plus tard, heureux et fatigué, sans remords.

Ce fut dans les premières années où il courait les bordels et les hôtels borgnes du Raval, avec pour seules armes des médicaments et du bon sens, que le docteur Sentís rencontra le photographe qui tenta de lui prêter gratuitement les talents de sa fille. Le photographe avait entendu dire que le docteur avait perdu une fille prénommée Laia, âgée seulement de quatorze ans, et que sa femme l'avait abandonné peu après, incapable de supporter la perte qui les unissait. Ceux qui connaissaient le bon docteur rapportaient que la tragédie de la mort de Laia, qu'il n'avait pas réussi à sauver malgré tous ses efforts, le hantait. Comme le docteur avait soigné le photographe d'une infection à l'oreille qui avait failli lui faire perdre l'ouïe, et la tête dans la foulée, ce dernier désirait le remercier en nature, et il était convaincu qu'en étudiant les photographies et les souvenirs que le docteur gardait de la morte, sa fille pourrait la ramener à la vie et rendre au docteur, ne fût-ce que quelques minutes, l'être qu'il avait le plus aimé en ce bas monde. Le docteur déclina la proposition, mais il noua une certaine amitié avec le photographe et il finit par devenir le médecin de sa fille, à qui il rendait visite tous les mois et qu'il maintenait en bonne santé, à l'abri des maladies et des maux propres à sa profession.

Laia adorait le docteur et elle attendait ses visites. C'était le seul homme qui ne la regardait pas avec convoitise et qui ne projetait pas sur elle ses fantasmes sans espoir. Avec lui, elle pouvait aborder des sujets qu'elle n'aurait jamais évoqués devant son père, et elle lui confiait ses craintes et ses inquiétudes. Le docteur ne jugeait jamais ses patientes ni les activités que la vie leur avait imposées, mais il ne parvenait pas à masquer ses réticences devant la façon dont le photographe vendait les plus belles années de sa fille. Il parlait parfois à Laia de sa propre enfant disparue et elle savait sans que personne n'ait eu besoin de le lui dire qu'il ne confiait ses secrets et ses souvenirs qu'à elle seule. Elle désirait intérieurement prendre la place de l'autre Laia, devenir la fille de cet homme triste et bon et abandonner le photographe que la cupidité et le mensonge avaient fini par transformer en un étranger vêtu comme son père. Ce que la vie lui avait refusé, la mort le lui apporterait.

Peu après son dix-septième anniversaire, Laia s'aperçut qu'elle était enceinte. Le père pouvait être n'importe lequel des clients qui, au nombre de trois par semaine, épongeaient les dettes de jeu du photographe. Elle commença par cacher la grossesse à son père et pendant les premiers mois elle inventa mille excuses pour éviter les visites du docteur Sentís. Les corsets et son habileté à obtenir que les autres ne vissent en elle que ce qu'ils voulaient firent le reste. Au quatrième mois de grossesse, un de ses clients, un médecin, ancien rival du docteur Sentís avant d'hériter une bonne partie de ses patientes, constata la situation au cours d'une séance de jeu où il soumit Laia, les pieds et les mains ligotés, à un cruel examen médical, lui que les gémissements de ses patientes échauffaient. Il la laissa en sang sur le lit où son père la retrouva nue et menottée des heures plus tard.

En découvrant la vérité, le photographe fut pris de panique et il s'empressa de conduire sa fille chez une grosse femme faiseuse d'ange qui pratiquait la magie noire dans un sous-sol de la rue Avinyó pour qu'elle la débarrassât du noble bâtard qu'elle portait dans ses entrailles. Allongée sur un grabat sale et taché de sang, et entourée de bougies et de seaux d'eau malodorante, Laia dit à la vieille sorcière qu'elle avait peur, elle ne voulait pas faire souffrir la créature innocente dans son ventre. Avec le consentement du photographe, la sorcière lui donna à boire un liquide verdâtre et épais qui lui brouilla les esprits et annihila sa volonté. Elle sentit que son père attrapait ses poignets et les maintenait tandis que la sorcière écartait ses cuisses. Quelque chose de froid et métallique pénétra en elle comme une langue de glace. Elle crut entendre dans son délire le pleur d'un enfant qui se tordait en elle et la suppliait de le laisser vivre. Soudain, une explosion de douleur s'empara de tout son être, mille lames creusant ses viscères, un feu brûlant à l'intérieur d'elle, et elle perdit connaissance. La dernière chose qu'elle se rappela fut qu'elle sombrait dans un puits de sang noir et fumant et que quelque chose ou quelqu'un tirait sur ses jambes.

Elle se réveilla sur le même matelas sous l'œil indifférent de la sorcière. Elle se sentait faible. Une douleur sourde et ardente lui ravageait le ventre et le bas-ventre, et tout son corps paraissait n'être qu'une cicatrice à vif. Son regard fébrile croisa celui de la sorcière. Elle l'interrogea sur son père. La sorcière fit non de la tête sans dire un mot. Laia perdit à nouveau connaissance et lorsqu'elle rouvrit les yeux, la clarté filtrait d'un soupirail donnant sur le pavé de la rue, le jour se levait. La sorcière, de dos, préparait une mixture qui sentait le miel et l'alcool. Laia l'interrogea à nouveau sur son père. La sorcière lui tendit une tasse fumante et lui dit de boire, qu'elle se sentirait mieux après. Elle but et le baume chaud et gélatineux calma légèrement la souffrance qui lui rongeait le ventre.

— Où est mon père ?

— C'était ton père, celui-là ? demanda la sorcière avec un sourire amer.

La pensant morte, le photographe l'avait abandonnée. Le cœur de la jeune fille avait en effet cessé de battre pendant deux minutes, comme le lui expliqua la sorcière, et son père, la voyant sans vie, avait pris ses jambes à son cou.

— Moi aussi je t'ai crue morte. Mais deux minutes après, tu as rouvert les yeux et tu as recommencé à respirer. T'es une chanceuse, petite. Quelqu'un là-haut doit t'aimer beaucoup puisque tu revis.

Quand Laia eut récupéré suffisamment de forces pour se lever, elle regagna l'hôtel Colón où ils avaient logé pendant trois semaines et le réceptionniste l'informa que le photographe était parti la veille sans laisser d'adresse. Il avait emporté toutes ses affaires, sauf l'album photographique de Laia.

— Il n'a pas laissé un message pour moi ?

— Non, mademoiselle.

Laia le chercha dans toute la ville pendant une semaine. Dans les casinos et les cafés qu'il fréquentait, personne ne l'avait revu, mais tout le monde lui rappela de lui dire, si elle le voyait, qu'il devait revenir solder ses dettes et régler ses impayés. La deuxième semaine, elle sut qu'elle ne le reverrait plus et, sans foyer ni compagnie, elle alla frapper chez le docteur Sentís qui comprit au premier regard que quelque chose n'allait pas ; il insista pour savoir de quoi il retournait. Le bon docteur constata les dégâts causés par la vieille sorcière dans les entrailles de la jeune fille et il fondit en larmes. Ce jour-là, le bon docteur récupéra une fille et Laia rencontra pour la première fois un père.

Ils vivaient ensemble dans le modeste appartement du docteur, rue Comtal. Les revenus de ce dernier, minimes, furent toutefois suffisants pour inscrire Laia dans une école de jeunes filles et lui laisser croire que tout irait bien pendant un an. L'âge avancé du docteur et une certaine négligence dans les doses d'éther qu'il absorbait en cachette pour tenter de pallier la douleur de son existence avaient laissé des séquelles sur sa santé. Ses mains commençaient à trembler et il perdait la vue. Le docteur s'éteignait et Laia quitta l'école pour s'occuper de lui.

Avec la vue, le bon docteur perdit également peu à peu le sens de la réalité et il crut qu'elle était sa véritable fille revenue d'entre les morts pour prendre soin de lui. Il arrivait à Laia de le croire aussi, quand elle le prenait dans ses bras et le laissait pleurer. Les maigres économies du docteur s'épuisèrent et Laia se trouva dans l'obligation d'exhumer ses talents et de rentrer de nouveau dans l'arène.

Libérée de toute attache avec son père, elle découvrit que ses facultés s'étaient multipliées. En à peine quelques mois, les meilleurs établissements de la ville se disputèrent ses services. Elle se limitait à un client par mois, au prix le plus fort. Elle étudiait son cas pendant plusieurs semaines et elle créait l'identité du fantasme qu'elle incarnerait durant quelques heures. Elle ne revoyait jamais un client. Elle ne dévoilait jamais sa véritable identité.

Dans le quartier, le bruit courut que le vieux docteur vivait avec une jeunesse à la beauté éblouissante, et son ancienne épouse ressurgit des ténèbres et des rancœurs, désireuse de revenir vivre auprès de l'homme qu'elle avait quitté des années plus tôt pour finir d'empoisonner la vieillesse de celui qui ne voyait plus ni ne se souvenait. Pour lui, il n'existait plus qu'une seule réalité, la compagnie de la jeune fille qu'il prenait pour sa fille morte, qui lui lisait de vieux livres, lui donnait le bras et l'appelait père, car tel était son sentiment. Avec l'aide de juges et de policiers, Mme Sentís réussit à mettre Laia à la porte et à presque la chasser de la vie du docteur. La jeune fille trouva refuge dans une institution dirigée par une ancienne professionnelle de l'alcôve, Simone de Sagnier, et elle passa quelques années à essayer d'oublier qui elle était et que pour elle l'unique façon de se sentir vivante était de donner vie à d'autres. L'après-midi, lorsque l'épouse du docteur l'y autorisait, Laia venait le chercher chez lui rue Comtal et elle l'emmenait se promener. Ils se rendaient dans des lieux et des jardins que le docteur se souvenait d'avoir parcourus avec sa fille, et là, Laia, la Laia qu'il se rappelait, lui lisait des livres ou faisait revivre pour lui des souvenirs qu'elle n'avait pas vécus mais qu'elle avait fait siens. Presque trois années passèrent ainsi, le vieux docteur Sentís diminuant semaine après semaine jusqu'au jour pluvieux où je la suivis au domicile du docteur où Laia apprit la nouvelle que son père, le seul qu'elle avait eu, était mort la nuit même, avec son nom sur ses lèvres.

ROSE DE FEU

Et ainsi, le 23 avril venu, les prisonniers de la galerie se tournèrent vers David Martín qui gisait dans l'obscurité de sa cellule, les yeux fermés, et ils lui demandèrent de leur raconter une histoire pour chasser l'ennui.

— Je vais vous raconter une histoire, leur dit-il. Une histoire de livres, de dragons et de roses, comme la date l'exige, mais surtout une histoire d'ombres et de cendre, comme l'époque l'impose…

(Extrait des fragments perdus
du *Prisonnier du ciel.*)

1

Les chroniques relatent que lorsque le créateur de labyrinthes arriva à Barcelone à bord d'une embarcation en provenance d'Orient, il apporta le ferment de la malédiction qui empourprerait de feu et de sang le ciel de la ville. C'était en l'an de grâce 1454, et au cours de l'hiver une épidémie de fièvre avait décimé la population, plongeant la ville sous un voile de fumée ocre qui montait des bûchers où brûlaient les cadavres et les linceuls de centaines de défunts. La volute d'émanations fétides se voyait de loin, rampait entre les tours de défense et les palais pour s'élever tel un augure funéraire qui avertissait les voyageurs de ne pas approcher des murailles et de passer leur chemin. Le Saint-Office avait décrété la fermeture totale de la ville et son enquête avait déterminé l'origine de l'épidémie dans un puits proche du quartier juif dénommé Call de Sanaüja où une conspiration diabolique d'usuriers sémites avait empoisonné les eaux, comme cela fut démontré au-delà de tout doute possible au terme de jours et de jours d'interrogatoires sous la torture. Leurs biens considérables saisis, et ce qu'il restait de leurs dépouilles jeté dans une fosse marécageuse, il n'y avait plus qu'à attendre que la prière des habitants honnêtes et de bonne conduite ramène la bénédiction de Dieu sur Barcelone. Le nombre de morts diminuait chaque jour tandis que le nombre de vivants pressentant que le pire était derrière eux augmentait. Le destin voulut néanmoins que les premiers fussent les chanceux et que les seconds en vinssent bientôt à envier le sort de ceux qui avaient déjà quitté cette vallée de larmes. Mais lorsqu'une petite voix osa suggérer qu'un grand châtiment tomberait du ciel pour expier l'infamie perpétrée *In Nomine Dei* contre les commerçants juifs, il était trop tard. Rien ne tomba du ciel, hormis de la cendre et de la poussière. Le mal, pour une fois, arriva par la mer.

2

Le bateau fut aperçu à l'aube. Des pêcheurs qui réparaient leurs filets devant la Muraille de la Mer le virent émerger de la brume, poussé par la marée. Quand la proue vint s'échouer sur le rivage et que la coque gîta à bâbord, ils se hissèrent sur le pont. Une puanteur atroce émanait des entrailles du bateau. La cale était inondée et une douzaine de cercueils flottaient au milieu des détritus. Ils trouvèrent Edmond de Luna, créateur de labyrinthes et unique survivant de la traversée, attaché au gouvernail et brûlé par le soleil. Ils le tinrent d'abord pour mort, mais en l'examinant ils observèrent que ses poignets saignaient toujours sous les liens et que ses lèvres exhalaient une haleine froide. Il gardait un carnet dans sa ceinture, mais aucun pêcheur ne put s'en emparer car le capitaine d'un groupe de soldats était déjà sur les lieux et, obéissant aux ordres du Palais épiscopal alerté de l'arrivée du bateau, il avait ordonné de transporter le moribond à l'hôpital voisin de Santa Marta et de poster des hommes pour surveiller l'épave du naufrage en attendant les officiers du Saint-Office chargés d'inspecter le bateau et d'élucider chrétiennement ce qui s'était passé. Le carnet d'Edmond de Luna fut remis au grand inquisiteur Jorge de León, brillant et ambitieux défenseur de l'Église dont l'espoir était que son engagement pour la purification du monde lui vaudrait bientôt la condition de bienheureux, saint et lumière vivante de la foi. Après une inspection sommaire, Jorge de León décréta que le carnet avait été rédigé dans une langue étrangère à la chrétienté et il somma ses hommes d'aller quérir un libraire du nom de Raimundo de Sempere dont le modeste atelier jouxtait le portail de Santa Anna et qui, pour avoir voyagé dans sa jeunesse, connaissait plus de langues que ce qu'il était recommandable pour un chrétien digne de ce nom. Sous la menace de la torture, le libraire Sempere dut jurer de garder le secret sur ce qui lui serait révélé. Seulement alors, il fut autorisé à examiner le carnet dans une salle surveillée par des gardes, tout en haut de la bibliothèque de la maison de l'archidiacre voisine de la cathédrale. L'inquisiteur Jorge de León l'observait avec attention et intérêt.

— Je crois que le texte est écrit en persan, Sa Sainteté, marmotta Sempere, terrorisé.

— Je ne suis pas encore un saint, nuança l'inquisiteur. Mais ça viendra. Poursuivez…

Ce fut ainsi que le libraire Sempere lut et traduisit durant toute une nuit et pour le grand inquisiteur le journal d'Edmond de Luna, aventurier et porteur de la malédiction qui amènerait la bête à Barcelone.

3

Edmond de Luna était parti de Barcelone trente ans plus tôt en direction de l'Orient, à la recherche de merveilles et d'aventures. Sa traversée de la mer Méditerranée l'avait conduit à aborder des îles interdites qui n'apparaissaient sur aucune carte de navigation, à partager la couche de princesses et de créatures de nature inavouable, à connaître les secrets de civilisations enfouies dans les profondeurs du temps et à s'initier à la science et à l'art de la construction de labyrinthes, ce qui, au service de sultans et d'empereurs, lui apporta la célébrité, le travail et la fortune. Avec les années, l'accumulation de plaisirs et de richesses finit par ne plus avoir de sens ou presque pour lui. Il avait étanché sa soif de savoir, d'argent et d'ambition au-delà de ce que n'importe quel mortel aurait rêvé et, parvenu à l'âge mûr, conscient que chaque jour le rapprochait du déclin, il décida de ne plus jamais offrir ses services qu'en échange de la plus grande des récompenses, la connaissance interdite. Lors, pendant des années, il déclina les invitations à construire les plus prodigieux et complexes labyrinthes parce que rien de ce qu'on lui promettait en retour ne lui paraissait désirable. Il en était venu à croire qu'il n'existait plus au monde de trésor qu'on ne lui eût déjà offert quand parvint à ses oreilles que l'empereur de la ville de Constantinople requérait ses services en échange d'un secret immémorial auquel aucun mortel n'avait eu accès depuis des siècles. En proie à l'ennui et tenté par une ultime opportunité pour raviver la flamme de son âme, Edmond de Luna rendit visite à l'empereur dans son palais. Constantin vivait dans la certitude que tôt ou tard le siège de sa ville par des sultans ottomans signifierait la fin de son empire et ferait disparaître de la surface de la terre le savoir accumulé durant des siècles par Constantinople. Pour cette raison, il souhaitait qu'Edmond élaborât le projet du plus grand labyrinthe jamais créé, une bibliothèque secrète où les livres interdits et les merveilles de siècles de la pensée pussent être préservés pour toujours, une ville de livres destinée à rester cachée sous les catacombes de la cathédrale Sainte-Sophie. En récompense, l'empereur ne lui offrait aucun trésor. Simplement un flacon, une petite bouteille de cristal taillé renfermant un liquide écarlate qui étincelait dans le noir. Constantin le tendit à Edmond de Luna avec un étrange sourire.

— J'ai attendu de nombreuses années avant de rencontrer l'homme digne de ce don, dit l'empereur. Dans de mauvaises mains, il pourrait devenir l'instrument du mal.

Edmond examina le flacon, fasciné et intrigué.

— C'est une goutte de sang du dernier dragon, murmura l'empereur. Le secret de l'immortalité.

4

Edmond de Luna travailla pendant des mois sur les plans du grand labyrinthe des livres. Il élaborait et reprenait son projet dont il n'était pas satisfait. La rétribution ne lui importait plus, il l'avait enfin compris, car il tiendrait son immortalité de la création de la bibliothèque prodigieuse et non d'une prétendue potion magique légendaire. Patient mais inquiet, l'empereur lui rappelait que l'assaut final des Ottomans était proche et qu'il n'y avait pas de temps à perdre. Lorsque Edmond de Luna trouva enfin la solution au grand casse-tête, il était trop tard. Les troupes de Mehmet II le Conquérant avaient assiégé Constantinople. La fin de la ville et de l'empire était imminente. L'empereur accueillit les plans d'Edmond avec émerveillement, mais il savait qu'il ne pourrait jamais construire le labyrinthe sous la cité qui portait son nom. Il demanda donc à Edmond d'essayer de quitter la ville assiégée avec un grand nombre d'autres artistes et de penseurs qui devaient partir vers l'Italie.

— Je sais que vous trouverez le bon endroit pour construire le labyrinthe, mon ami.

En remerciement, l'empereur lui remit le flacon contenant le sang du dernier dragon, mais l'inquiétude voilait son visage.

— En vous faisant miroiter ce don, j'en appelai à la cupidité de l'esprit pour vous tenter, mon ami. Or je voudrais à présent que vous acceptiez aussi cette humble amulette qui, un jour peut-être, en appellera à la sagesse de votre âme, au cas où le prix de l'ambition serait trop élevé…

L'empereur dégrafa le pendentif qu'il portait au cou et il le lui tendit. La chaîne ne comprenait ni or ni bijou mais à peine une petite pierre qui ressemblait à un simple grain de sable.

— L'homme qui me l'a remise me conta que c'était une larme du Christ.

Edmond fronça les sourcils.

— Je sais que vous n'êtes pas un homme de foi, Edmond, mais la foi se trouve quand on ne la cherche pas et le jour viendra où votre cœur, non pas votre esprit, aspirera à la purification de l'âme.

Désireux de ne pas contrarier l'empereur, Edmond attacha le pendentif insignifiant à son cou. Il partit le soir même, sans autre bagage que les plans de son labyrinthe et le flacon écarlate. Constantinople et l'empire tombèrent peu après au cours d'un assaut sanglant, pendant qu'Edmond traversait la Méditerranée à la recherche de la ville qu'il avait quittée dans sa jeunesse.

Il naviguait avec des mercenaires qui lui avaient proposé de voyager avec eux, persuadés d'avoir affaire à un marchand fortuné qu'ils détrousseraient une fois au large. Lorsqu'ils découvrirent qu'il ne portait sur lui aucune richesse, ils voulurent le jeter par-dessus bord, mais Edmond de Luna les convainquit de le garder sur le bateau en leur racontant quelques-unes de ses aventures, à la façon de Schéhérazade. L'astuce consistait à les laisser toujours sur leur faim, comme le lui avait appris un sage conteur de Damas. "Ils te détesteront pour ça, mais ils ne t'en désireront que davantage."

À ses moments perdus, il commença à rédiger ses aventures sur un carnet et, pour le protéger des regards indiscrets des pirates, il écrivit en persan, une langue magnifique qu'il avait apprise pendant ses années passées dans l'ancienne Babylone. Au milieu de la traversée, le navire heurta une embarcation à la dérive, vide de passagers et d'équipage. Elle transportait de grandes amphores de vin que les pirates portèrent à bord, et chaque soir ils s'enivraient en écoutant les récits d'Edmond, à qui ils interdisaient de boire une goutte de vin. En quelques jours, l'équipage tomba malade et les mercenaires moururent rapidement, l'un après l'autre, victimes du poison qu'ils avaient ingéré avec le vin volé.

Seul exempté d'un tel destin, Edmond plaça leurs corps dans des sarcophages que les pirates avaient amassés dans la cale, fruit du butin d'un de leurs pillages. Seul en vie sur le bateau, il craignait de mourir à la dérive, perdu en haute mer, dans la plus terrible solitude, et c'est alors qu'il se hasarda à ouvrir le flacon écarlate dont il respira brièvement le contenu. Un instant lui suffit pour entrevoir l'enfer désireux de prendre possession de lui. Il sentit la vapeur ramper du flacon sur sa peau, il vit ses mains se couvrir sur-le-champ d'écailles, ses ongles se métamorphoser en serres plus affilées et mortifères que le plus redoutable des aciers. Il saisit l'humble grain de sable qui pendait à son cou et il supplia le Christ en qui il ne croyait pas de le sauver. Le noir gouffre de l'âme s'évanouit et Edmond respira de nouveau en voyant ses mains redevenues celles d'un mortel. Il referma le flacon et maudit son ingénuité. L'empereur ne lui avait pas menti, mais ceci n'était ni une rétribution ni une bénédiction. C'était la clé de l'enfer.

5

Sempere termina la traduction du carnet aux premières lueurs de l'aube qui pointaient entre les nuages. Peu après, l'inquisiteur quitta la salle sans dire un mot et deux gardiens vinrent le chercher pour le conduire dans une cellule dont il eut la certitude qu'il ne sortirait pas vivant.

Au moment où Sempere était jeté au cachot, les hommes du grand inquisiteur arrivaient devant l'épave du bateau naufragé, où ils finirent par dénicher le flacon écarlate caché dans un coffre métallique. Jorge de León les attendait dans la cathédrale. Ils n'avaient pas réussi à trouver la médaille avec la prétendue larme du Christ à laquelle le texte d'Edmond faisait allusion, mais l'inquisiteur n'y accorda aucune attention, son âme, il le sentait, n'avait nul besoin d'être purifiée. Le regard gangréné par la cupidité, l'inquisiteur prit le flacon écarlate, le brandit au-dessus de l'autel pour le bénir, et, rendant grâce à Dieu et à l'enfer pour ce cadeau, il en avala le contenu d'un trait. Les premières secondes, rien ne se produisit. Puis soudain, l'inquisiteur éclata de rire. Les soldats se regardèrent, déconcertés, se demandant si Jorge de León avait perdu la raison. Pour la plupart d'entre eux, ce fut la dernière pensée de leur existence. L'inquisiteur tomba à genoux sous leurs yeux et une exhalaison de vent glacé balaya la cathédrale, arrachant les bancs en bois, faisant tomber les statues, les sculptures et les cierges allumés.

Ils entendirent ensuite craquer la peau et les membres de Jorge de León et sa voix, hurlante d'épouvante, se transformer en rugissement, celui de la bête qui se dégageait de ses chairs et se décuplait à vue d'œil dans un fatras sanguinolent d'écailles, de griffes et d'ailes. Une queue hérissée d'arêtes coupantes comme des haches se poursuivait sur le dos du plus grand serpent qui fût, et lorsque la bête se retourna et leur montra sa gueule plantée de crocs et ses yeux enflammés, le courage de fuir leur manqua.

Les flammes les surprirent immobiles, et elles leur arrachèrent la chair sur les os comme le vent violent dépouille l'arbre de ses feuilles. La bête déploya ses ailes et l'inquisiteur, tout à la fois saint Georges et dragon, prit son envol et traversa la grande rosace de la cathédrale dans une tempête de verre et de feu, avant de s'élever au-dessus des toits de Barcelone.

6

La bête sema la terreur pendant sept jours et sept nuits, elle détruisit les temples et les palais, incendia des centaines de monuments et déchiqueta de ses griffes les corps tremblants suppliant miséricorde qu'elle trouvait après avoir arraché les toits au-dessus de leur tête. Le dragon cramoisi grossissait de jour en jour et engloutissait tout ce qu'il rencontrait sur son passage. Les corps en lambeaux pleuvaient du ciel et les flammes de son souffle jaillissaient dans les rues comme un torrent de sang.

Au septième jour, alors que tous pensaient que la bête allait raser la ville et anéantir ses habitants, une silhouette solitaire sortit à sa rencontre. Edmond de Luna, à peine remis, boitant, monta le grand escalier de la cathédrale qui menait à la terrasse, où il attendit que le dragon le repérât et fondît sur lui. La bête émergea des nuages noirs de fumée et de braise et vola au ras des toits de Barcelone. Elle s'était tellement développée qu'elle dépassait maintenant en taille le temple d'où elle était sortie.

Edmond de Luna vit son propre reflet dans ses yeux immenses comme des étangs de sang. La bête ouvrit la gueule pour l'engloutir et vola en piqué à la vitesse d'un boulet de canon sur la ville, arrachant terrasses et tours sur son passage. Edmond de Luna sortit le misérable grain de sable qui pendait à son cou et il le serra fort dans son poing. Il se rappela les paroles de Constantin et il songea que la foi l'avait enfin trouvé, sa mort était un bien petit prix pour la purification de l'âme noire de la bête qui n'était rien moins que celle de tous les hommes. Il leva le poing enserrant la larme du Christ, ferma les yeux et s'offrit. La gueule l'engloutit à la vitesse du vent et le dragon s'éleva dans les hauteurs, chevauchant les nuages.

Ceux qui se souviennent de ce jour racontent que le ciel s'ouvrit et qu'une grande brillance embrasa le firmament. La bête resta prisonnière des flammes qui glissaient entre ses crocs et le battement de ses ailes projeta une grande rose de feu qui recouvrit entièrement la ville. Un grand silence se fit, et quand ils rouvrirent les yeux, le ciel était ténébreux comme la nuit noire et une lente pluie de flocons de cendres brillantes tombée des hauteurs recouvrait les rues, les ruines brûlées et la ville de tombes, de temples et de palais, d'un voile blanc qui se désagrégeait au contact et sentait le feu et la malédiction.

7

Cette même nuit, Raimundo de Sempere réussit à s'évader de sa cellule et il rentra chez lui pour vérifier que sa famille et son atelier de facture de livres avaient survécu à la catastrophe. À l'aube, le libraire se rendit jusqu'à la Muraille de la Mer. Les débris du bateau naufragé qui avait ramené Edmond de

Luna à Barcelone se balançaient sur l'eau, bercés par la marée. La mer avait commencé à démanteler la coque et cela lui permit de pénétrer dans la cale comme dans une maison dont on aurait arraché un mur. Parcourant les entrailles de l'embarcation à la lumière spectrale de l'aube, le libraire trouva enfin ce qu'il cherchait. Le salpêtre avait rongé une partie du trait, mais les plans du grand labyrinthe des livres demeuraient intacts, dans l'état où Edmond de Luna les avait conçus. Sempere s'assit sur le sable et les déplia. Son esprit ne pouvait embrasser la complexité et l'arithmétique qui soutenaient ce rêve, mais il pensa que le temps viendrait où des esprits plus éclairés se montreraient capables d'élucider ces secrets, et qu'en attendant ces autres hommes plus savants qui trouveraient le moyen de sauver le labyrinthe et de rappeler le prix de la bête, il conserverait les plans dans le coffre familial où, un jour, il n'en doutait pas, il rencontrerait le créateur de labyrinthes digne d'un tel défi.

LE PRINCE DU PARNASSE

Un soleil égratigné d'écarlate plongeait dans la ligne d'horizon quand M. Antoni de Sempere, que tous appelaient le "faiseur de livres", se hissa tout en haut de la muraille qui enfermait la ville et aperçut le cortège avancer au loin. En cette année de grâce 1616, une brume exhalant la poudre serpentait sur les toits d'une Barcelone de pierre et de poussière. Le faiseur de livres tourna les yeux vers la ville et son regard se perdit dans un mirage de tours, de palais et de ruelles qui trémulaient dans les miasmes d'une perpétuelle pénombre à peine rompue par les torches et les voitures à cheval qui éraflaient les murs sur leur passage.

"Un jour, les murailles tomberont et Barcelone s'étendra sous le ciel, telle une goutte d'encre sur de l'eau bénite."

Le faiseur de livres sourit au souvenir de ces mots prononcés par son bon ami en quittant la ville, six ans plus tôt.

"J'en emporte la mémoire, prisonnier de la beauté de ses rues et redevable de son âme obscure à qui je promets de revenir pour soumettre la mienne et l'embrasser dans le plus doux de ses oublis."

L'écho des sabots des chevaux approchant des murailles l'arracha à sa rêverie. Le faiseur de livres tourna le regard vers l'est et il discerna le cortège qui s'engageait sur le chemin conduisant à la grande porte de Sant Antoni. Le carrosse funèbre était noir, ornés de motifs en relief et de figures sculptées qui entouraient un baldaquin vitré voilé de rideaux de velours. Deux cavaliers l'escortaient. Quatre coursiers ornés de plumets et de caparaçons funéraires le tiraient, et les roues soulevaient dans leur sillage un nuage de poussière qui enflammait le crépuscule ambré. La silhouette d'un cocher au visage couvert se découpait sur le siège à l'avant et derrière lui, surplombant le carrosse telle une figure de proue, s'élevaient les contours d'un ange argenté.

Le faiseur de livres baissa les yeux et poussa un soupir affligé. Il sut alors qu'il n'était pas seul et il eut à peine besoin de tourner le regard pour identifier le gentilhomme présent à ses côtés. Il sentit le souffle d'air froid et le parfum de fleurs séchées qui l'accompagnaient toujours.

— On dit qu'un bon ami est celui qui sait à la fois se souvenir et oublier, dit l'homme. Je vois que vous n'avez pas oublié le rendez-vous, Sempere.

— Ni vous la dette, *signore*.

L'homme approcha jusqu'à ce que son pâle visage se trouvât presque à un empan de Sempere, qui vit son propre reflet dans le miroir noir de ces pupilles changeant de couleur et étrécissant comme celles d'un loup à la vue du sang frais. Il n'avait pas vieilli, pas même d'un jour ou d'une heure, et il portait les mêmes atours. Sempere frissonna et un profond désir de s'enfuir l'envahit, mais il se limita à opiner courtoisement du chef.

— Comment m'avez-vous retrouvé ? demanda-t-il.

— L'odeur de l'encre vous trahit, Sempere. Avez-vous imprimé quelque chose de bon récemment, que vous pourriez me recommander ?

Le faiseur de livres remarqua le volume dans les mains de son interlocuteur.

— Mon atelier d'imprimerie est modeste et il ne se hausse pas jusqu'aux plumes dignes de votre goût. Il semble, en outre, que le *signore* a déjà de la lecture pour la soirée.

L'homme sourit, découvrant une rangée de dents blanches et pointues. Le faiseur de livres détourna le regard vers le cortège qui atteignait le pied de la muraille. Il sentit la main de l'homme se poser sur son épaule et il serra les dents pour ne pas trembler.

— N'ayez pas peur, ami Sempere. Les râles d'Avellaneda et de la meute de malheureux et d'envieux qu'imprime votre ami Sebastián de Comella passeront à la postérité bien avant que l'âme de mon cher Antoni de Sempere n'arrive à l'humble auberge que je dirige. Vous n'avez rien à craindre de moi.

— Vous avez prononcé quelque chose de semblable à l'intention de monsieur Miguel, il y a quarante-six ans.

— Quarante-sept. Et je ne mentais pas.

Le faiseur de livres croisa brièvement le regard du personnage fantomatique et durant un instant rêvé il crut voir sur son visage une tristesse aussi grande que celle qui le submergeait.

— Je pensais que c'était une journée triomphale pour vous, *signore* Corelli, lui fit-il remarquer.

— La beauté et la connaissance éclairent seules la misérable étable que je suis condamné à inspecter, Sempere. Sa perte est la plus grande de mes peines.

À leurs pieds, le cortège funèbre franchissait la porte de Sant Antoni. Le personnage invita du geste l'imprimeur à ouvrir le chemin.

— Venez avec moi, Sempere. Souhaitons la bienvenue à notre bon ami, monsieur Miguel, dans cette Barcelone qu'il aima tant.

À ces mots, le vieux Sempere s'abandonna au souvenir du jour reculé où, guère loin de cet endroit, il avait fait la connaissance d'un jeune homme qui avait pour nom Miguel de Cervantes Saavedra, dont la destinée et la mémoire seraient liées aux siennes et à celles de son nom pour l'éternité…

BARCELONE, 1569

Dans ces temps de légende, l'histoire n'avait d'autre subterfuge que le souvenir de ce qui ne s'était jamais produit, et la vie n'avait d'autre chimère que fugace et transitoire. Dans ce temps-là, les apprentis poètes portaient l'épée à la ceinture et ils chevauchaient, insouciants et sans destination précise, rêvant de vers pénétrants, vénéneux. Barcelone était alors ville et forteresse, nichée dans le giron d'un amphithéâtre montagneux criblé de bandits, et cachée derrière une mer couleur grenat trempée de lumière et traversée de pirates. À ses portes, on pendait les voleurs et les vilains afin de chasser la convoitise du bien d'autrui, et derrière ses murailles menaçant de s'écrouler s'affrontaient commerçants, savants, courtisans et hidalgos de toute condition et allégeance au service d'un imbroglio de conjurations, de fortunes et d'alchimies dont la réputation parvenait jusqu'aux plus lointains horizons et désirs du monde connu et rêvé. On racontait que des rois et des saints y avaient versé leur sang, que les mots et le savoir y trouvaient refuge, et qu'avec une pièce en poche et un mensonge à la bouche n'importe quel aventurier pouvait y embrasser la gloire, se coucher avec la mort et se lever béni des dieux entre échauguettes et cathédrales pour se faire un nom et une fortune.

Dans une telle bourgade qui n'exista jamais et dont il était condamné à se rappeler le nom tous les jours de sa vie, un jeune hidalgo de plume et d'épée arriva une nuit de la Saint-Jean, monté sur un bidet famélique qui parvenait difficilement à se tenir sur ses pattes après plusieurs jours de galop. Sur l'échine, il portait Miguel de Cervantes Saavedra, alors démuni, natif de nulle part et de partout, et une jeune fille dont on aurait dit le visage tout droit sorti de la toile d'un grand maître. Et on aurait dit juste, car on sut plus tard que la jeune fille se nommait Francesca di Parma et qu'elle avait vu le jour et prononcé ses premiers mots dans la Cité Éternelle quelque dix-neuf printemps plus tôt.

Le destin voulut qu'une fois terminé son trot héroïque, l'âne squelettique s'effondrât sans vie le museau moussant d'écume, à quelques pas des portes de Barcelone, et que les deux amants, car telle était leur secrète condition, dussent marcher sur le sable de la plage sous un ciel gemmé d'étoiles pour atteindre l'extrémité de la muraille, et que, apercevant le souffle de mille feux qui montait vers le ciel et teintait la nuit de cuivre liquide, ils décidassent de chercher une auberge et un refuge dans cette bourgade qui s'apparentait à un palais de ténèbres construit sur la forge de Vulcain elle-même.

C'est en des termes similaires encore que moins fleuris que fut contée plus tard l'arrivée à Barcelone de don Miguel de Cervantes et de sa bien-aimée Francesca chez le remarquable faiseur de livres, M. Antoni de Sempere, demeurant et travaillant à côté de la porte de Santa Anna, par un garçon boitillant d'apparence humble, au nez proéminent et à l'esprit vif, dénommé Sancho Fermín de la Torre, qui, reconnaissant la nécessité des nouveaux venus, s'offrit de bonne grâce à les guider en échange de quelques pièces. Le couple trouva de la sorte le gîte et le couvert dans une bâtisse lugubre et biscornue repliée sur elle-même comme un tronc revêche. C'est ainsi que par le hasard des talents de Sancho, et à l'insu du destin, le faiseur de livres fit la connaissance du jeune Cervantes à qui allait le lier une profonde amitié jusqu'à la fin de ses jours.

Les spécialistes en savent bien peu sur les circonstances qui précédèrent l'arrivée de Cervantes dans la ville de Barcelone. Les initiés en la matière rapportent qu'il avait vécu de nombreuses épreuves et privations et que beaucoup d'autres l'attendaient, des batailles, des condamnations injustes et la prison, ou encore la perte de l'usage d'une main au combat, avant qu'il ne pût jouir de quelques maigres années de paix au crépuscule de sa vie. Quels qu'eussent été les mystères et les méandres du destin qui l'avaient amené jusque-là, une grande injustice et une menace plus importante encore le talonnaient, d'après ce que l'orgueilleux Sancho avait réussi à deviner de la situation.

Homme enclin aux récits de chaudes amourettes et de drames religieux à la moralité robuste, Sancho parvint à déduire qu'au cœur d'une intrigue d'une telle ampleur, la présence de la jeune femme à la beauté et aux charmes surnaturels prénommée Francesca devait œuvrer comme élément initial et déterminant. Sa peau était un fluide de lumière, sa voix un soupir qui faisait palpiter les cœurs, son regard et ses lèvres une promesse de plaisirs dont la glose échappait à la versification du pauvre Sancho en proie à un ravissement suscité par l'évocation de formes devinées sous les vêtements de soie et de dentelle qui altéraient son pouls et sa raison. Il détermina ainsi que, selon toute probabilité, pour avoir bu de ce venin céleste, le jeune poète était au-delà de toute salvation, parce qu'il ne pouvait exister sous tous les cieux homme accompli qui n'eût vendu son âme, sa monture et ses étriers pour un instant de repos dans les bras de cette sirène.

— Ami Cervantes, il ne convient pas à un triste rustre comme moi de dire à Votre Excellence que semblables visage et galbe brouilleraient la raison de n'importe quel homme encore en état de respirer, pourtant, le nez, mon plus sagace organe après les tripes, me conduit à penser que le lieu où vous dérobâtes un tel morceau de femme ne vous le pardonnera pas et que le monde n'est pas assez grand pour cacher une Vénus d'un si délicieux calibre, affirma Sancho.

Inutile de préciser que par la suite, après le drame et sa mise en scène, le verbe et la musicalité de ce bavard de Sancho furent recomposés et mis en forme par la plume de votre humble et fiable narrateur, tout aussi bavard, mais que l'essence et la sagesse de son jugement demeurent indemnes et non falsifiés.

— Oh, mon ami, si je vous racontais…, soupira un Cervantes apeuré.

Ce qu'il fit. Il raconta, parce que dans ses veines coulait le vin de la narration, et le ciel avait voulu que son expérience eût été de se raconter d'abord à lui-même les choses du monde afin de pouvoir les comprendre et ensuite les conter aux autres, parées de la musique et de la lumière littéraire, car il pressentait que si la vie n'était pas un songe, elle était tout du moins une pantomime où la cruelle absurdité du récit coulait toujours en privé, et qu'il n'existait entre ciel et terre une meilleure ni plus efficace vengeance que de modeler la beauté et l'esprit à coups de mots pour trouver du sens dans la folie des choses.

Le récit de son arrivée à Barcelone, fuyant de terribles dangers, et de l'origine et de la nature de cette prodigieuse enfant appelée Francesca di Parma, fut rapporté par don Miguel de Cervantes sept jours plus tard, un soir. À sa demande, Sancho l'avait mis en contact avec Antoni de Sempere, parce que le jeune poète avait semblait-il écrit une œuvre dramatique, une sorte de composition poétique de ravissements, de sortilèges et de passions échevelées qu'il souhaitait voir consacrée par le papier.

— Il est vital que je voie mon œuvre imprimée avant la prochaine lune, Sancho. Ma vie et celle de Francesca en dépendent.

— Comment la vie de quelqu'un peut-elle dépendre d'un tas de vers et de la conjonction de la lune, maître ?

— Crois-moi, Sancho. Je sais ce que je dis.

Sancho, qui sans le dire ne croyait pas en d'autres poésies ni en d'autres astronomies que celles promettant un bon déjeuner et une généreuse partie de jambes en l'air dans la paille avec une fille douce au rire facile, Sancho donc se fia aux paroles de son patron et fit ce qu'il fallait pour organiser le rendez-vous. Laissant la belle Francesca dormir du sommeil des nymphes dans sa chambre, ils sortirent à la nuit tombée. Ils s'étaient donné rendez-vous avec Sempere dans une auberge située à l'ombre de la grande cathédrale des pêcheurs, la basilique de Santa Maria del Mar, et là, dans un recoin, à la lueur des bougies, ils partagèrent un bon vin et une miche de pain accompagnée de lard salé. Pêcheurs, pirates, assassins et illuminés composaient la clientèle. Des rires, des bagarres et d'épais nuages de fumée flottaient dans la pénombre dorée de la taverne.

— Racontez votre comédie à monsieur Antoni, l'encouragea Sancho.

— En réalité, c'est une tragédie, nuança Cervantes.

— Quelle est la différence ? Veuille le maître pardonner ma suprême ignorance des genres lyriques si subtils.

— La comédie nous enseigne qu'il ne faut pas prendre la vie au sérieux, et la tragédie nous apprend ce qui arrive quand nous n'accordons aucune importance aux enseignements de la comédie, expliqua Cervantes.

Sancho approuva sans sourciller et, pour terminer le travail, il dispensa un féroce coup de dent au morceau de lard.

— Quelle grandeur que la poésie, murmura-t-il.

Sempere, qui n'avait guère de commandes ces derniers jours, écoutait le jeune poète avec intérêt. Cervantes montra un paquet de feuilles serrées dans une chemise au faiseur de livres, qui les examina attentivement, s'arrêtant au vol sur quelques tournures, expressions et phrases du texte.

— Il y a du travail pour plusieurs jours là-dedans…

Cervantes sortit une bourse de sa ceinture et la laissa tomber sur la table. Une poignée de pièces s'en échappèrent. À l'instant où il vit l'argent étinceler à la flamme de la bougie, Sancho s'empressa de le cacher d'un geste inquiet.

— Bon sang, maître, n'exposez pas ces mets exquis ici, les demeures de la sorte regorgent de ruffians et de désosseurs qui vous couperaient le gosier, et le nôtre avec, pour seulement humer le parfum qui se dégage de ces doublons.

— Sancho dit vrai, mon ami, confirma Sempere, scrutant l'assistance du regard.

Cervantes cacha l'argent et soupira.

Sempere lui versa un autre verre de vin et il étudia plus en détail les feuilles du poète. L'œuvre qualifiée de tragédie en trois actes et une épître par son auteur avait pour titre *Un poète aux enfers* et elle narrait les épreuves d'un jeune artiste florentin qui, avec le fantôme de Dante pour compagnie, s'enfonçait dans les gouffres de l'enfer afin de sauver l'âme de son aimée, la fille d'une famille de nobles cruels et corrompus qui l'avaient vendue au Prince des Ténèbres en échange de la renommée, de la fortune et de la gloire en ce bas monde. La scène finale se déroulait à l'intérieur du Duomo, où le héros arrachait des griffes d'un ange de lumière et de feu le corps inanimé de sa bien-aimée.

Sancho trouva que ça sonnait comme une sinistre romance de marionnettes, mais il ne dit rien parce qu'il pressentait que les lettrés dans ces affaires se montraient très susceptibles et n'acceptaient pas de bonne grâce la réfutation.

— Racontez-moi comment vous en êtes venu à composer cette œuvre, mon ami, l'invita Sempere.

Cervantes, qui avait déjà ingurgité trois ou quatre verres de vin, opina du chef. Il désirait décharger sa conscience d'un secret qu'il traînait avec lui, ça sautait aux yeux.

— Ne craignez rien mon ami, Sancho et moi garderons votre secret, quel qu'il soit.

Sancho leva son verre et but à un si noble sentiment.

— Mon histoire est celle d'une malédiction, commença Cervantes d'un ton hésitant.

— Comme celle de tous les apprentis poètes, dit Sempere. Poursuivez.

— C'est l'histoire d'un homme amoureux.

— Ce que je disais. Mais n'ayez crainte, ce sont les histoires préférées du public, assura Sempere.

Sancho hocha la tête de manière répétée en signe d'approbation.

— L'amour est la seule pierre qui heurte toujours le même homme, reconnut-il. Et attendez de voir la fille en question, Sempere, ajouta-t-il en réprimant un rot. Elle est de celles qui vous pétrifient l'esprit.

Cervantes lui lança un regard de reproche.

— Que monsieur veuille bien me pardonner, dit Sancho. C'est ce misérable petit vin qui parle par ma bouche. La vertu et la pureté de la dame sont sans aucun doute irréfutables, et Dieu veuille que le ciel s'effondre sur ma tête creuse si j'ai nourri une pensée impure à son sujet un quelconque instant.

Les trois convives levèrent brièvement les yeux vers le plafond de la taverne et, constatant que le Créateur ne montait pas la garde et qu'aucun imprévu ne se produisait, ils sourirent, levèrent leurs verres et portèrent un toast à l'heureuse occasion de leur rencontre. Ce fut ainsi que le vin, qui rend les hommes sincères lorsqu'ils en ont le moins besoin et leur donne du courage quand ils devraient rester peureux, persuada Cervantes de raconter l'histoire dans l'histoire, ce que les assassins et les fous appellent la vérité.

UN POÈTE AUX ENFERS

Le proverbe dit qu'un homme doit marcher tant qu'il a encore des jambes, parler tant qu'il lui reste de la voix et rêver tant qu'il conserve encore l'innocence, parce que tôt ou tard il ne pourra plus se tenir debout, il manquera de souffle et il ne désirera plus d'autre rêve que la nuit éternelle de l'oubli. Avec ces mots pour bagage, un avis de recherche et de capture à son nom, conséquence d'un duel survenu dans des circonstances troubles, et le feu de ses jeunes années dans les veines, le jeune Miguel de Cervantes quitta la ville de Madrid un jour de l'an de grâce 1569, en route pour les villes d'Italie légendaires, en quête des merveilles, de la beauté et de la science que ceux qui les connaissent leur attribuent en plus grande quantité et grâce qu'en aucun autre lieu figurant sur les cartes du royaume. Il y vécut de nombreuses aventures et mésaventures, mais parmi toutes celles-là, la plus grande fut de croiser la destinée d'une créature à la luminosité chimérique prénommée Francesca. Sur ses lèvres, il connut le paradis et l'enfer, et son désir d'elle scella à jamais son destin.

Elle avait à peine dix-neuf ans et elle avait perdu tout espoir en la vie. Elle était la dernière enfant d'une famille misérable et déshéritée qui survivait dans une grande bâtisse surplombant les eaux du Tibre, dans la ville éternelle de Rome. Ses frères, des malotrus chicaniers, de vraies teignes, flemmassaient et commettaient larcins et petits crimes minables qui leur permettaient à peine de se mettre un quignon de pain sous la dent. Leurs parents, prématurément vieillis, affirmaient avoir conçu la dernière dans l'automne de leur misère. Ce n'était qu'une paire de charlatans mesquins qui avaient trouvé la petite Francesca vagissant contre la poitrine encore tiède de sa véritable mère, une fille inconnue morte en la mettant au monde sous les arches du vieux pont du château Saint-Ange.

Alors qu'ils hésitaient à jeter l'enfant dans le fleuve et à n'emporter que la médaille en cuivre que sa mère portait au cou, les ruffians remarquèrent la prodigieuse perfection du bébé et ils décidèrent de le garder avec l'idée d'en tirer très certainement un bon prix auprès d'une des familles les plus raffinées parmi les nantis de la cour. Leur cupidité crût inexorablement au fil des semaines et des mois, car la petite révélait jour après jour une telle beauté et un tel charme que sa valeur et sa cote ne pouvaient qu'augmenter dans l'esprit de ses ravisseurs. Alors qu'elle venait d'avoir dix ans, un poète florentin de passage à Rome la vit un jour sur la berge du fleuve où elle allait chercher de l'eau, non loin de l'endroit où elle était née et où elle avait perdu sa mère et, envoûté par son regard, il lui dédia sur le champ quelques vers et il lui offrit ce qui devint son prénom, Francesca, sa famille adoptive n'ayant jamais pris soin de la nommer. Francesca grandit de la sorte jusqu'à devenir un jour une femme aux parfums les plus exquis dont la présence faisait taire les conversations et arrêtait le temps. À cette époque, seule la tristesse sans fond de son regard embuait l'image d'une beauté qui échappait aux mots.

Bien vite, des artistes vinrent de tous les coins de Rome offrir à ses parents et exploiteurs de généreuses rétributions afin de pouvoir en faire le modèle de leurs œuvres. À sa vue, ils demeuraient persuadés que si un peintre doué de talent et de métier parvenait à retenir sur la toile ou dans le marbre ne fût-ce qu'un dixième de son charme ensorcelant, il passerait à la postérité comme le plus grand artiste de tous les temps. Les offres pour ses services étaient incessantes et les anciens mendigots vivaient désormais dans une richesse éclatante, se promenant en carrosses de cardinal flamboyants et tape-à-l'œil, en tenues de soie colorées, leurs parties honteuses enduites de parfums pour camoufler l'ignominie qui recouvrait leurs cœurs.

Quand Francesca atteignit sa majorité, ils décidèrent de l'offrir en mariage, de crainte de perdre le trésor qui avait assis leur fortune. À l'encontre de la pratique de l'époque qui voulait que la famille de la mariée fournît une dot à l'époux, ils eurent le culot de réclamer un montant substantiel pour la main et le corps de la demoiselle. Une enchère sans précédent eut lieu, dont l'un des plus célèbres artistes de la ville, Anselmo Giordano, sortit grand vainqueur. C'était un homme déjà au terme de son âge mûr, au corps et à l'âme mortifiés par des décennies d'excès, au cœur empoisonné par l'ambition et l'envie, car malgré les compliments, le succès et les louanges suscités par son œuvre, il caressait le rêve secret de voir son nom et sa réputation surpasser ceux de Léonard.

Le grand Léonard était mort depuis cinquante ans, mais Anselmo Giordano n'avait jamais pu oublier ni pardonner le jour où, à peine adolescent, il s'était présenté dans l'atelier du maître pour offrir ses services comme apprenti. Léonard avait examiné quelques-uns de ses croquis et prononcé des mots aimables. Le père du jeune Anselmo était un banquier de renom à qui Léonard devait une ou deux faveurs, et le garçon ne doutait pas d'avoir une place assurée dans l'atelier du plus grand artiste de son temps. Quelle ne fut pas sa surprise quand Léonard, non sans tristesse, lui dit qu'il reconnaissait dans son trait une pointe de talent, toutefois insuffisant pour le distinguer des mille et un candidats qui comme lui ne dépasseraient jamais l'état moyen, s'ils parvenaient même à l'approcher. Il avait un peu d'ambition, lui dit-il, mais pas suffisamment pour le sortir du lot de tous ces apprentis qui ne seraient jamais capables de sacrifier ce qu'il fallait pour mériter la lumière de la véritable inspiration. Il pourrait peut-être acquérir un peu de métier, ajouta-t-il enfin, mais jamais assez pour que cela valût la peine de consacrer sa vie à une profession où seuls les génies réussissent à survivre.

— Jeune Anselmo, termina Léonard, que mes paroles ne vous attristent pas, entendez-les plutôt comme une bénédiction, car la position de votre aimable géniteur fera de vous pour la vie entière un homme riche qui n'aura pas à lutter avec ses pinceaux et ses burins pour subvenir à ses besoins. Vous serez heureux, vous serez aimé et respecté par vos concitoyens, mais vous ne serez jamais un génie, même si vous possédez tout l'or du monde. Il existe peu de sorts plus cruels et amers que celui de l'artiste médiocre qui passe sa vie à jalouser ses concurrents et à en médire. Ne gâchez pas votre vie dans une destinée malheureuse. Laissez l'art et la beauté à ceux qui n'ont d'autre choix que de créer. Avec le temps, apprenez à pardonner ma sincérité qui vous blesse aujourd'hui mais qui, demain, si vous l'acceptez de bon gré, vous sauvera de votre propre enfer.

Sur ces mots, maître Léonard congédia le jeune Anselmo, qui erra dans les rues de Rome pendant des heures en pleurant de rage. Quand il revint dans la maison de son père, il lui annonça qu'il ne voulait pas étudier auprès de Léonard qui n'était à ses yeux qu'un imposteur, un fabricant d'œuvres vulgaires à l'intention d'une masse d'ignorants incapables d'apprécier l'art véritable.

— Je serai un artiste pur, seulement pour ces élus propres à comprendre la profondeur de mon engagement.

Homme patient et meilleur connaisseur de la nature humaine que le plus sage des hommes d'Église, comme tous les banquiers, son père l'étreignit et lui dit qu'il n'avait pas à s'inquiéter, il ne manquerait jamais de rien, ni de nourriture, ni d'admirateurs, ni d'éloges sur son œuvre. Avant de mourir, le banquier prit ses dispositions pour qu'il en fût ainsi.

Anselmo ne pardonna jamais à Léonard, parce qu'un homme peut tout pardonner sauf qu'on lui dise la vérité. Cinquante ans plus tard, sa haine et son désir de voir le discrédit jeté sur le faux maître étaient plus forts que jamais.

Quand il entendit de la bouche de poètes et de peintres l'incroyable histoire de la jeune Francesca, il envoya ses serviteurs munis d'une bourse remplie de pièces d'or au domicile de la famille, qu'il fit quérir en personne. Parés comme des singes de cirque en visite à la cour de Mantoue, les parents de la jeune fille se présentèrent chez Giordano, escortant la jeune fille à peine vêtue de guenilles. Au premier regard posé sur elle, l'homme sentit son cœur chavirer. Tout ce qu'il avait entendu était vrai, et plus encore. Une telle beauté n'existait pas et n'avait jamais existé sur terre, et il sut, comme seul peut le savoir un artiste, que son charme ne provenait pas, comme ils le pensaient tous, de cette peau et de ce corps gracieux mais de la force et de la luminosité qui émanaient d'elle, de ses yeux tristes et accablés, de ses lèvres scellées par le destin.

Telle fut l'impression que Francesca di Parma causa sur maître Giordano qui eut la certitude qu'il ne pouvait pas la laisser échapper, il ne permettrait pas qu'elle posât pour un autre artiste, cette merveille de la nature ne pouvait que lui appartenir, à lui seul et à personne d'autre. Seulement ainsi, il parviendrait à créer une œuvre qui lui assurerait les faveurs bien au-delà de celle du minable et abject Léonard. Seulement ainsi, sa réputation et sa renommée surpasseraient celles du défunt Léonard, dont il n'aurait plus à se soucier de mépriser le nom en public, parce qu'une fois parvenu au sommet, son tour viendrait de l'ignorer et de prétendre que son œuvre n'avait jamais existé autrement que comme pitance pour les rustres et les ignorants. Giordano fit sur-le-champ une offre qui surpassait les rêves les plus dorés du couple de misérables se proclamant les parents de Francesca. La noce serait célébrée dans la chapelle du palais de Giordano dans la semaine. Tant que dura la transaction, Francesca ne prononça pas un mot.

Sept jours plus tard, le jeune Cervantes flânait dans la ville à la recherche d'inspiration quand un cortège accompagnant un grand carrosse doré se fraya un chemin au milieu de la foule. La procession s'arrêta un instant au croisement de la Via del Corso et ce fut alors qu'il la vit. Parée des plus délicates soies tissées par des artisans florentins, Francesca di Parma le regardait par la vitre du carrosse, les lèvres closes. Cervantes lut dans son regard une tristesse si profonde et chez cet esprit volé que l'on conduisait dans sa prison une telle force, qu'il sentit monter en lui la certitude froide qu'il avait trouvé pour la première fois de sa vie, dans le visage d'une inconnue, le sens de sa véritable destinée.

Voyant le cortège s'éloigner, il demanda autour de lui qui était cette créature, et les passants lui rapportèrent l'histoire de Francesca di Parma. Leurs récits lui rappelèrent les commérages et les rumeurs entendus à son sujet, auxquels il n'avait pas accordé de crédit car il les attribuait à l'affabulation fiévreuse des dramaturges locaux. Pourtant, la légende disait vrai. La beauté sublime s'était incarnée dans une jeune fille simple et humble et, comme on pouvait s'y attendre, les gens n'avaient rien fait d'autre que consolider son malheur et son humiliation. Le jeune Cervantes voulut suivre le cortège jusqu'au palais de Giordano, mais les forces lui manquèrent. Pour lui, ces noces et cette fête résonnaient comme une funeste musique, et il ne voyait dans tout ce qui l'entourait que la tragédie de la destruction de la pureté et de la perfection par la convoitise, la misère et l'ignorance des hommes.

Envahi par une tristesse presque aussi grande que celle qu'il avait reconnue dans le regard de la fille sans nom, il prit la direction de son auberge, à contre-courant de la foule qui voulait suivre les noces à l'extérieur du palais du célèbre artiste. Le soir même, à l'heure où maître Giordano ôtait les soieries qui recouvraient le corps de Francesca di Parma et caressait chaque centimètre de sa peau avec incrédulité et concupiscence, la maison de l'ancienne famille de la jeune fille, construite sur un emplacement risqué au-dessus du Tibre et trop fragile pour supporter le poids des trésors et des oripeaux accumulés, s'effondra dans les eaux glacées du fleuve avec tous les membres du clan, enfermés à l'intérieur, et que personne ne revit plus jamais.

Non loin de là, Cervantes, incapable de trouver le sommeil, bataillait avec l'encre et le papier à la lueur d'une bougie pour rendre compte de ce dont il avait été témoin le jour même. Sa main et le verbe se dérobèrent à l'instant de décrire l'impression que lui avait causée le bref regard échangé avec la jeune Francesca sur la Via del Corso. Tout l'art qu'il pensait posséder se désagrégea au bord de sa plume et nul mot n'accrocha la page. Il songea alors que si par chance il était un jour capable d'immortaliser dans ses écrits ne serait-ce qu'une infime partie de la magie de cette présence, son nom et sa réputation s'élèveraient au rang des plus grands poètes de l'histoire, et cela ferait de lui un roi parmi les conteurs, un prince du Parnasse dont la lumière éclairerait le paradis perdu de la littérature et, au passage, effacerait de la surface de la terre l'odieuse réputation du perfide dramaturge Lope de Vega, à qui la fortune et la gloire ne cessaient de sourire et qui récoltait depuis sa prime jeunesse des succès sans précédent tandis que lui parvenait péniblement à ébaucher un vers qui ne déshonorât point le papier sur lequel il le couchait. L'instant d'après, reconnaissant la noirceur de son désir, il ressentit la honte de sa vanité et de l'envie folle qui le rongeait, et il s'avoua qu'il n'était pas meilleur homme que le vieux Giordano qui, en ce moment même devait, de ses lèvres de menteur, lécher le miel interdit, et de ses mains tremblantes et sales d'infamie, explorer les secrets volés à coups de doublons.

Il subodora que Dieu, dans son infinie cruauté, avait abandonné la beauté de Francesca di Parma aux mains des hommes pour leur rappeler la laideur de leurs âmes, l'indigence de leurs ardeurs et la haine de leurs désirs.

Les jours passèrent sans effacer de la mémoire de Cervantes le souvenir de cette brève rencontre. Devant son écritoire, il essayait de travailler et de rassembler les parties d'un drame susceptible de satisfaire le public, de captiver son imagination, à l'instar de ceux qu'écrivait sans effort apparent Lope de Vega, mais tout ce que son esprit parvenait à évoquer, c'était la perte que l'image de Francesca di Parma avait plantée dans son cœur. Au lieu du drame qu'il avait décidé d'écrire, sa plume accouchait d'une sombre romance dont les vers, une page après l'autre, essayaient de retracer l'histoire perdue de la jeune fille. Dans son récit, Francesca était dépourvue de mémoire, telle une page blanche ; son personnage se présentait comme une destinée que lui seul pouvait fabuler, une promesse de pureté qui lui rendrait sa volonté de croire en quelque chose de propre et d'innocent dans un monde de mensonges et de tromperies, de mesquinerie et de condamnation. Il passait des nuits sans dormir, à fouetter son imagination et à tendre les cordes du métier jusqu'à l'exténuation, et malgré tout, relisant ses pages à l'aube, il les jetait au feu, conscient qu'elles ne méritaient pas de partager la lumière du jour avec la créature qui les avait inspirées et qui se consumait lentement dans la prison construite pour elle par Giordano entre les murs de son palais, Giordano qu'il n'avait jamais vu mais qu'il détestait de tout son être.

Les jours s'accumulaient pour former des semaines, et les semaines des mois, et bientôt cela fit presque une demi-année qu'Anselmo Giordano et Francesca di Parma avaient convolé sans que personne en tout Rome ne les eût jamais revus. On savait que les meilleurs commerçants de la ville livraient des denrées aux portes du palais et qu'ils étaient reçus par Tomaso, le serviteur personnel du maître. On savait que l'atelier d'Antonio Mercanti approvisionnait chaque semaine le maître en toiles et en matériels pour son travail. Mais nulle âme ne pouvait affirmer avoir vu l'artiste ou sa jeune épouse en personne. Le jour anniversaire des six mois de leur alliance, Cervantes se trouvait dans les locaux d'un célèbre directeur de théâtre qui régissait plusieurs grandes scènes de la ville et qui recherchait en permanence de nouveaux auteurs talentueux, affamés, et disposés à travailler pour trois fois rien. Grâce à la recommandation de plusieurs de ses collègues, Cervantes avait obtenu une audience avec M. Leonello, un gentilhomme extravagant aux manières ampoulées et à la noble vêture qui collectionnait sur son bureau des flacons de cristal renfermant de prétendues secrétions intimes des courtisanes célèbres dont il avait cueilli la vertu dans la fleur de l'âge, et qui portait une petite broche en forme d'ange à son revers. M. Leonello le laissa debout pendant qu'il parcourait sommairement les pages du drame, feignant l'ennui et le mépris.

— *Un poète aux enfers*, murmura-t-il. Du déjà-vu. D'autres ont raconté cette histoire avant vous. Ce que je recherche, c'est, disons, du nouveau. Du courage. Une vision.

Cervantes savait d'expérience que les personnes qui affirmaient chercher ces nobles vertus dans l'art étaient habituellement les mêmes qui se montraient particulièrement incapables de les reconnaître, mais il savait aussi qu'un ventre vide et une bourse légère privaient l'homme le plus habile d'arguments et de rhétorique. Son instinct lui disait toutefois que Leonello, un homme à l'aspect de vieux renard, avait été troublé par la nature du matériel qu'il lui avait apporté.

— Je regrette d'avoir fait perdre son temps à Votre Excellence…

— Pas si vite, le coupa Leonello. J'ai dit que c'était du déjà-vu, mais pas que c'était, disons, excrémentiel. Vous n'êtes pas totalement dépourvu de talent, mais vous manquez de métier. Et ce qui vous fait défaut, c'est, disons, le goût. Et le sens de l'opportunité.

— Je vous remercie de votre générosité.

— Et moi de votre sarcasme, Cervantes. Vous, les Espagnols, vous souffrez d'un orgueil excessif et d'un manque de persévérance. Ne vous avouez pas vaincu si vite. Apprenez de votre compatriote Lope de Vega. Chassez le naturel, il revient au galop, comme vous dites.

— J'en tiendrai compte. Votre Excellence envisage-t-elle une quelconque possibilité d'accepter mon ouvrage ?

Leonello s'esclaffa de bon cœur.

— Les poules auraient-elles des dents ? Personne ne veut assister à des drames, disons, désespérants, qui racontent que le cœur des hommes est pourri et que l'enfer c'est soi-même et son prochain, Cervantes. Les gens vont au théâtre pour rire, pour pleurer, pour se rappeler combien ils sont nobles et bons. Vous n'avez pas encore perdu votre naïveté et vous croyez posséder, disons, la vérité à raconter. Les années se chargeront de vous soigner, du moins je l'espère, parce que je n'aimerais pas vous voir brûler au bûcher ou pourrir au fond d'un cachot.

— Vous pensez donc que mon ouvrage ne peut intéresser personne…

— Je n'ai pas dit cela. Disons que je connais la personne qu'il pourrait peut-être intéresser.

Cervantes sentit son cœur s'emballer.

— Que la faim est prévisible…, soupira Leonello.

— C'est qu'à la différence des Espagnols, la faim n'a pas d'orgueil et qu'elle déborde de persévérance, proposa Cervantes.

— Vous voyez ? Vous avez un peu de métier. Vous savez retourner une maxime et construire, disons, une ligne dramatique de réplique. C'est élémentaire, mais plus d'un butor dont les pièces sont jouées ne sait pas écrire une sortie de scène…

— Pouvez-vous donc m'aider, monsieur Leonello ? Je peux tout faire et j'apprends vite.

— Je n'en doute pas…

Leonello l'observait, hésitant.

— N'importe quoi, Excellence. Je vous en supplie…

— Il y a bien une chose qui pourrait vous intéresser. Mais le travail comporte, disons, ses risques.

— Le risque ne me fait pas peur. Pas plus que la misère, tout au moins.

— Dans ce cas… je connais un certain gentilhomme avec qui j'ai, disons, un accord. Lorsqu'un jeune espoir doté d'un certain potentiel, disons comme vous, croise mon chemin, je le lui envoie, et lui m'en remercie, disons. À sa manière.

— Je suis tout ouïe.

— C'est bien ce qui m'inquiète… Il se trouve que le gentilhomme en question est, disons, de passage dans la ville.

— Ce gentilhomme serait-il un directeur de théâtre comme Votre Excellence ?

— Quelque chose dans le genre, disons. Un éditeur.

— Mieux encore…

— C'est vous qui le dites. Il possède des succursales à Paris, Rome et Londres, et il est toujours à la recherche d'un type particulier de talent. Comme le vôtre, disons.

— Je vous remercie immensément de…

— Ne me remerciez pas. Allez le voir de ma part. Mais dépêchez-vous. Je sais qu'il n'est en ville que pour quelques jours…

Leonello écrivit un nom sur un papier et il le lui tendit.

Andreas Corelli
Stampa della Luce

— Vous le trouverez à l'auberge Borghese, à la nuit tombée.

— Croyez-vous que mon ouvrage l'intéressera ?

Leonello afficha un sourire énigmatique.

— Bonne chance, Cervantes.

Le soir venu, Cervantes revêtit son seul habit propre et il prit la direction de l'auberge Borghese, une villa entourée de jardins et de canaux située non loin du palais de don Anselmo Giordano. Un serviteur circonspect le surprit au bas du perron en lui annonçant qu'il était attendu et qu'Andreas Corelli le recevrait rapidement dans un des salons. Cervantes imagina que Leonello, plus aimable peut-être qu'il ne le semblait, avait envoyé une note de recommandation en sa faveur à son ami l'éditeur. Le serviteur conduisit Cervantes dans une grande bibliothèque ovale plongée dans la pénombre et chauffée par un feu de cheminée qui projetait une intense lueur orangée dansant le long des murs de livres, à l'infini. Deux grands fauteuils faisaient face au feu et, après un court instant d'hésitation, Cervantes s'assit dans l'un d'eux. La danse hypnotique du feu et son souffle chaud l'enveloppèrent. Il ne s'aperçut que quelques minutes plus tard qu'il n'était pas seul. Une silhouette longue et anguleuse occupait le fauteuil voisin. Habillée de noir, elle arborait un ange d'argent identique à celui qu'il avait vu sur la veste de Leonello l'après-midi. Son attention fut immédiatement attirée par les mains, les plus grandes qu'il eût jamais vues, pâles et armées de doigts longs et effilés. Ensuite il vit les yeux. Deux miroirs où se reflétaient les flammes et son propre visage, qui ne cillaient jamais et paraissaient modifier le dessin des pupilles sans qu'un seul muscle du visage ne bougeât le moins du monde.

— Ce bon Leonello me dit que vous êtes un homme de grand talent et de peu de fortune.

Cervantes déglutit.

— Ne vous laissez pas impressionner par mon aspect, monsieur Cervantes. Si les apparences ne sont pas forcément trompeuses, elles abrutissent toujours.

Cervantes acquiesça en silence. Corelli sourit sans desserrer les lèvres.

— Vous m'apportez un drame. Est-ce que je me trompe ?

Cervantes lui tendit le manuscrit et il vit Corelli sourire à part soi en lisant le titre.

— C'est une première version, précisa Cervantes.

— Plus maintenant, dit Corelli en tournant les pages.

Cervantes contempla la manière dont l'éditeur lisait, calmement, souriant parfois ou haussant les sourcils de surprise. Un verre de vin et une bouteille d'un cru à la couleur exquise parurent s'être soudainement matérialisés sur la table entre les deux fauteuils.

— Servez-vous, Cervantes. L'homme ne survit pas que de littérature.

Cervantes se versa un verre qu'il porta à ses lèvres. Un arôme doux et enivrant inonda son palais. Il le vida en trois gorgées et fut aussitôt saisi du désir irrépressible de se resservir.

— Sans pudeur, mon ami. Une coupe sans vin est une insulte à la vie.

Cervantes perdit bientôt le compte des verres qu'il avait dégustés. Une somnolence bienvenue et réconfortante s'emparait de lui et il constata entre ses paupières mi-closes que Corelli lisait toujours son manuscrit. Des cloches sonnèrent les douze coups de minuit dans le lointain. Peu après, le rideau du sommeil profond tomba sur Cervantes qui s'abandonna au silence.

Quand il rouvrit les yeux, la silhouette de Corelli se découpait devant le feu de cheminée. Debout face aux flammes, l'éditeur lui tournait le dos, le manuscrit dans une main. Cervantes sentit un léger signe avant-coureur de nausée, un arrière-goût douceâtre du vin au fond de la gorge, et il se demanda combien de temps avait passé.

— Un jour, vous écrirez un chef-d'œuvre, Cervantes, dit Corelli. Mais celui-ci n'en est pas un.

Sans autre explication, l'éditeur lança le manuscrit dans la cheminée. Cervantes se rua vers les flammes mais le grondement du feu le retint. Il contempla le fruit de son travail qui brûlait inexorablement, les lignes d'encre se teintaient de flamme bleue et les traînées de fumée blanche couraient sur les pages tels des serpents de poudre. Désolé, il se laissa tomber à genoux et quand il se tourna vers Corelli, ce dernier le regardait avec tristesse.

— Un écrivain a parfois besoin de brûler mille pages avant d'en écrire une qui mérite de porter sa signature. Vous ne faites que commencer. Votre œuvre vous attend au seuil de la maturité.

— Vous n'aviez pas le droit de faire cela…

Corelli sourit et lui tendit la main pour l'aider à se relever. Cervantes hésita avant d'accepter finalement.

— Je veux que vous écriviez quelque chose pour moi, mon ami. Sans hâte. Même si cela doit vous prendre des années, ce qui sera le cas. Plus que ce que vous croyez. Une chose en accord avec votre ambition et avec vos désirs.

— Que savez-vous de mes désirs ?

— Comme presque tous les aspirants poètes, Cervantes, vous êtes comme un livre ouvert. Pour cela, parce que votre *Poète aux enfers* me donne l'impression d'un simple jeu d'enfant, d'une rougeole qui doit passer, je me propose de vous faire une offre à votre hauteur, et à la mienne.

— Vous avez brûlé ce que j'ai réussi à écrire au long de mois de travail.

— Et je vous ai rendu service. À présent, dites-moi du fond du cœur si vous croyez réellement que je ne suis pas dans le vrai.

Cela lui prit du temps, mais Cervantes approuva.

— Dites-moi aussi si je me trompe en affirmant qu'au fond de votre cœur vous caressez l'espoir de créer une œuvre qui éclipserait un jour celle de vos rivaux et qui ternirait le nom d'un certain Lope et de son esprit fécond…

Cervantes voulut protester, mais les mots ne parvinrent pas jusqu'à ses lèvres. Corelli lui sourit de nouveau.

— Vous ne devez pas en avoir honte. Ni penser que ce désir fait de vous quelqu'un comme Giordano…

Cervantes releva la tête, déconcerté.

— Évidemment, je connais l'histoire de Giordano et de sa muse, répondit Corelli, anticipant sa question. Je la connais parce que je connais le vieux maître depuis de longues années, depuis bien longtemps avant votre naissance.

— Anselmo Giordano est un misérable.

Corelli rit.

— Non, il ne l'est pas. C'est un homme, simplement.

— Un homme qui mérite de payer pour ses crimes.

— Le croyez-vous ? Ne me dites pas que vous allez aussi vous battre en duel contre lui ?

Cervantes pâlit. Comment l'éditeur savait-il qu'il avait quitté Madrid des mois plus tôt pour fuir un ordre de capture à cause d'un duel auquel il avait participé ?

Corelli se contenta de lui adresser un sourire malicieux et il pointa vers lui un doigt accusateur.

— Quels crimes attribuez-vous donc au malheureux Giordano, à part sa propension à peindre des scènes bucoliques de chèvres, de vierges et de pastoureaux dans le goût des commerçants et des évêques, et aussi des madones au buste galbé qui égaient la vue des fidèles en pleine prière ?

— Il a enlevé cette pauvre jeune fille et il la retient prisonnière dans son palais pour satisfaire sa convoitise et sa turpitude. Pour cacher son manque de talent. Pour effacer sa honte.

— Que les hommes sont rapides à juger leurs semblables pour des actions qu'eux aussi commettraient si l'opportunité s'en présentait…

— Je n'agirais jamais comme lui.

— En êtes-vous certain ?

— Absolument.

— Oseriez-vous vous mettre à l'épreuve ?

— Je ne vous comprends pas…

— Dites-moi, monsieur Cervantes, que savez-vous au sujet de Francesca di Parma ? Et ne me faites pas l'aumône du poème de la demoiselle déshonorée et de son enfance cruelle. Vous m'avez déjà démontré que vous connaissiez les rudiments du théâtre…

— Je sais seulement… qu'elle ne mérite pas de vivre dans une prison.

— En raison de sa beauté, peut-être ? L'ennoblirait-elle, par hasard ?

— En raison de sa pureté. De sa bonté. De son innocence.

Corelli passa sa langue sur ses lèvres.

— Il est encore temps d'abandonner les lettres et d'embrasser le sacrement du sacerdoce, ami Cervantes. Un meilleur salaire, des appartements et, cela va sans dire, des repas chauds et abondants. Il faut une foi profonde pour être poète. Plus que ce que vous professez.

— Vous vous riez de tout.

— Seulement de vous, Cervantes.

Cervantes se releva et fit mine de se diriger vers la porte.

— Dans ce cas, je vais laisser Votre Grâce seule afin qu'elle rie tout à son aise.

Cervantes allait atteindre la porte de la salle quand celle-ci se referma sous son nez avec une force qui le projeta au sol. Il réussissait à peine à se relever quand il découvrit Corelli penché sur lui, deux mètres de silhouette anguleuse apparemment sur le point de se jeter sur lui et de le mettre en pièces.

— Levez-vous, ordonna-t-il.

Cervantes obéit. Les yeux de l'éditeur paraissaient changés, emplis maintenant par deux grandes pupilles noires étalées sur son regard. Jamais, il n'avait ressenti une telle peur. Il fit un pas en arrière et il se trouva plaqué contre le mur couvert de livres.

— Je vais vous donner une chance, Cervantes. Une opportunité d'arriver à être vous-même et de cesser d'errer par les chemins qui vous conduisent à vivre des vies qui ne sont pas la vôtre. Comme dans toute opportunité, le choix final sera le vôtre. Acceptez-vous mon offre ?

Cervantes haussa les épaules.

— Mon offre est la suivante. Vous écrirez un chef-d'œuvre, mais pour le faire, vous devrez perdre ce que vous aimez le plus. Votre œuvre sera fêtée, enviée et imitée pour les siècles des siècles, mais un vide mille fois plus grand que celui de la gloire et de la vanité de votre esprit s'ouvrira dans votre cœur parce que seulement alors vous saurez si vous êtes, comme vous le croyez, un homme meilleur que Giordano et tous ceux qui, comme lui, sont tombés à genoux devant leur propre reflet en acceptant ce défi... Le relevez-vous ?

Cervantes tenta d'éviter le regard de Corelli.

— Je n'ai pas entendu.

— J'accepte, s'entendit-il dire.

Corelli lui tendit la main et Cervantes la serra. Les doigts de l'éditeur se refermèrent sur les siens comme une araignée et il sentit sur son visage le souffle froid de Corelli exhalant une odeur de terre retournée et de fleurs mortes.

— Tous les dimanches à minuit, Tomaso, le serviteur de Giordano, ouvre le portail donnant sur la ruelle cachée par les arbres, à l'est du palais, et il part chercher un flacon de tonique que le guérisseur Avianno confectionne pour lui avec des épices et de l'eau de rose, et grâce auquel il aime à croire qu'il peut retrouver la vitalité de sa jeunesse. C'est le seul soir de liberté hebdomadaire des serviteurs et des membres de l'escorte du maître, et le nouveau service ne reprend qu'à l'aube. Pendant la demi-heure d'absence du serviteur, la porte reste ouverte et personne ne surveille le palais...

— Qu'attendez-vous de moi ? balbutia Cervantes.

— La question est de savoir ce que vous attendez de vous-même, mon seigneur. Cette vie est-elle celle que vous désirez vivre ? Êtes-vous l'homme que vous désirez être ?

Les flammes vacillaient puis s'éteignaient dans la cheminée, les ombres avançaient sur les murs de la bibliothèque comme des taches d'encre renversée et elles enveloppaient Corelli. Lorsque Cervantes voulut répondre, il s'aperçut qu'il était seul.

Le dimanche à minuit, Cervantes attendit, caché derrière les arbres qui flanquaient le palais de Giordano. Les cloches n'avaient pas fini de retentir lorsqu'une petite porte latérale s'ouvrit et, comme l'avait prévenu Corelli, la silhouette voûtée du vieux serviteur de l'artiste descendit la ruelle. Cervantes attendit que son ombre se perdît dans la nuit avant de se glisser jusqu'à la porte. Il posa la main sur la poignée et appuya. Elle s'ouvrit, comme l'avait annoncé Corelli. Cervantes jeta un dernier coup d'œil à l'extérieur et, pensant ne pas avoir été vu, il entra. Refermant la porte derrière lui, il constata qu'il était plongé dans le noir total et il maudit l'absence de bon sens qui l'avait empêché d'emporter une bougie ou une lampe pour se guider. Il palpait les murs humides et glissants comme les entrailles d'une bête et il avançait à tâtons quand son pied heurta soudain la première marche de ce qui ressemblait à un escalier en colimaçon. Il monta lentement et bientôt une légère clarté dessina une arche de pierre qui conduisait à un vaste corridor. De grands losanges de marbre noir et blanc décoraient le sol, comme un plateau d'échecs. Cervantes avança vers l'intérieur du palais tel un pion se déplaçant furtivement à chaque coup. Il n'avait pas parcouru toute la galerie quand il commença à remarquer les cadres et les toiles abandonnés le long des murs, jetés sur le sol, évoquant les débris d'un naufrage éparpillés dans tout le palais. Il passa devant des chambres et des salons où des portraits inachevés s'entassaient sur les étagères, les tables et les chaises. Un escalier de marbre qui montait aux étages supérieurs était couvert de toiles déchirées, certaines portant les traces de la fureur avec laquelle leur auteur les avait détruites. Cervantes arriva dans la grande entrée centrale, au pied d'un important faisceau de lumière lunaire vaporeuse qui filtrait de la coupole couronnant le palais, où tournoyaient des colombes projetant l'écho de leurs battements d'ailes dans les couloirs et les pièces laissées à l'abandon. Il s'agenouilla devant l'un des portraits et reconnut le visage esquissé sur la toile, une ressemblance inachevée, comme toutes les autres, de Francesca di Parma.

Cervantes regarda autour de lui et il dénombra des centaines de toiles identiques, toutes rejetées, toutes abandonnées. Il comprit alors pourquoi personne n'avait revu maître Giordano. Dans son effort désespéré pour récupérer l'inspiration perdue et restituer sur la toile la luminosité de Francesca di Parma, l'artiste avait perdu peu à peu et à chaque coup de pinceau la raison. Les portraits inachevés éparpillés partout dans le palais telle la mue d'un serpent composaient la trace de sa folie.

— Je vous attendais depuis longtemps, dit une voix dans son dos.

Cervantes se retourna. Un vieil homme au visage émacié l'observait en souriant dans un coin de la pièce, les cheveux longs et emmêlés, les vêtements sales, les yeux vitreux et rougis. Il était assis par terre, un verre et une bouteille de vin pour unique compagnie. Maître Giordano, un des plus célèbres artistes de son temps, devenu un mendiant fou dans sa propre demeure.

— Vous êtes venu l'enlever, n'est-ce pas ? demanda-t-il.

Cervantes ne trouva rien à répondre. Le vieux peintre se servit un autre verre, qu'il leva en son honneur.

— Mon père fit construire ce palais pour moi, le saviez-vous ? Il disait qu'il me protégerait du monde. Mais qui nous protège de nous-mêmes ?

— Où est Francesca ? l'interrogea Cervantes.

Le peintre le regarda longuement, savourant le vin d'un air sardonique.

— Croyez-vous vraiment que vous triompherez là où tant d'autres ont échoué ?

— Je ne cherche aucun triomphe, maître. Je veux seulement délivrer une jeune fille qui ne mérite pas de vivre dans un tel endroit.

— Courageuse noblesse que celle de celui qui se ment même à lui-même, opina Giordano.

— Je ne suis pas venu ici pour me quereller avec vous, maître. Si vous ne me dites pas où elle est, je la trouverai.

Giordano termina son verre et hocha la tête.

— Ce n'est pas moi qui vous arrêterai, jeune homme.

Le peintre leva les yeux vers l'escalier qui se perdait dans la brume, vers la coupole. Cervantes scruta la pénombre et il la vit. Apparition de lumière au milieu des ténèbres, Francesca di Parma descendait lentement, nue, déchaussée. Cervantes ôta sa cape à la hâte et il la couvrit, l'entourant de ses bras. La tristesse infinie de son regard se posa sur lui.

— Quittez ce lieu maudit, monsieur, tant qu'il en est encore temps, murmura-t-elle.

— Je partirai, mais en votre compagnie.

Dans son coin, Giordano applaudissait la scène.

— Superbe tableau. Les amants à minuit aux marches du ciel.

Francesca regarda avec tendresse et sans la moindre rancœur le vieux peintre, l'homme qui l'avait gardée prisonnière pendant la moitié d'une année. Giordano esquissa un sourire doux d'adolescent amoureux.

— Pardonne-moi, amour, de ne pas avoir été celui que tu méritais.

Cervantes voulut éloigner la jeune femme, mais elle maintenait le regard perdu sur son ravisseur, un homme qui paraissait sur le point de rendre son dernier souffle. Giordano remplit à nouveau son verre et le lui tendit.

— Une dernière gorgée d'adieu, amour.

Se libérant du bras de Cervantes, Francesca s'approcha de Giordano et s'agenouilla à côté de lui. Elle allongea le bras et caressa le visage creusé de rides. L'artiste ferma les yeux et il s'abîma dans son contact. Avant de partir, Francesca accepta le verre et but le vin qu'il lui offrait. Elle l'avala lentement, les yeux clos, tenant la coupe de ses deux mains. Puis elle la lâcha et le verre explosa en mille morceaux à ses pieds. Cervantes la soutint et elle s'abandonna. Sans adresser un ultime regard au peintre, Cervantes se dirigea vers la porte principale du palais, la jeune fille à son bras. Dehors, les gardes du corps et les serviteurs l'attendaient. Ils ne firent pas un geste pour l'arrêter. Un des gardes armés tenait un cheval noir à la bride et le lui offrit. Cervantes hésita avant d'accepter la monture. Dès qu'il le fit, les gardes du corps s'écartèrent et ils le regardèrent en silence. Il se hissa sur le cheval, avec Francesca dans les bras. Il trottait déjà en direction du nord quand les flammes jaillirent de la coupole du palais de Giordano et que le ciel de Rome s'embrasa d'écarlate et de cendres. Ils chevauchèrent pendant la journée, s'arrêtant le soir dans des auberges et des relais où, grâce aux pièces trouvées par Cervantes dans les fontes de la selle, ils pouvaient se réfugier à l'abri du froid et des soupçons.

Deux jours passèrent avant que Cervantes ne prêtât attention au souffle parfumé à l'amande sur les lèvres de Francesca et aux cercles obscurs qui commençaient à se dessiner autour de ses yeux. Chaque soir, lorsque la jeune fille s'abandonnait à lui et lui offrait sa nudité, il savait que ce corps se dissipait entre ses mains, que le vin empoisonné grâce auquel Giordano avait voulu la libérer et se libérer lui-même de la malédiction brûlait dans ses veines et la consumait. Au long de leur périple, ils s'arrêtèrent dans les meilleurs hôtels, où docteurs et savants l'examinèrent sans parvenir à soigner son mal. Francesca s'éteignait jour après jours, à peine capable de parler ou de garder les yeux ouverts, et elle renaissait le soir, dans la pénombre de la couche, envoûtant tous les sens du poète et guidant ses mains. À la fin de leur deuxième semaine de route, il la trouva marchant sous la pluie vers un lac proche de l'auberge où ils s'étaient arrêtés pour la nuit. La pluie glissait sur son corps et elle levait les yeux au ciel, les bras ouverts, comme si elle attendait que les gouttes perlées dégoulinant sur sa peau pussent arracher d'elle l'âme maudite.

— Tu dois m'abandonner ici, lui dit-elle. M'oublier et suivre ton chemin.

Mais Cervantes qui voyait la lumière de la jeune fille s'éteindre de jour en jour se jura de ne jamais lui dire adieu et, tant qu'il resterait un souffle dans son corps, de lutter pour la maintenir en vie. Pour la garder sienne.

Quand ils traversèrent les Pyrénées en direction de la Péninsule, par un col proche de la côte méditerranéenne, et qu'ils prirent la route de Barcelone, Cervantes avait déjà noirci cent pages d'un manuscrit qu'il écrivait la nuit en la contemplant endormie, prisonnière d'un mauvais rêve. Il sentait que ses mots, les images et les parfums réunis dans son écriture, étaient à présent le seul moyen de la maintenir en vie. Toutes les nuits, dès que Francesca capitulait dans ses bras et s'abandonnait au sommeil, Cervantes essayait fébrilement de recomposer son âme par mille et une histoires sorties de son imagination. Des jours plus tard, lorsque sa monture tomba morte près des murailles de Barcelone, le drame qu'il avait composé était déjà terminé et Francesca paraissait avoir recouvré la santé, et son regard retrouvait des couleurs. Tout en chevauchant, il avait rêvé éveillé qu'il trouverait refuge et espoir dans cette ville au bord de la mer et qu'une âme amie lui ferait rencontrer la bonne personne pour imprimer son manuscrit ; ce ne serait que lorsque les gens liraient son histoire et qu'ils se perdraient dans l'univers d'images et de vers qu'il avait créé que la Francesca qu'il avait inventée avec l'encre sur le papier et la jeune fille qui agonisait chaque soir dans ses bras ne feraient qu'une, et lui réintégrerait un monde où la force des mots pourrait vaincre la malédiction et le malheur, et où Dieu, où qu'il se cachât, lui permettrait de vivre un jour encore à ses côtés.

(Extrait des *Chroniques secrètes de la ville des maudits*, d'Ignatus B. Samson. Édition de Barrido y Escobillas Éditeurs, SA, Barcelone, 1924.)

BARCELONE, 1569

Francesca di Parma fut enterrée deux jours plus tard, sous un ciel embrasé qui glissait sur une mer calme et incendiait de lumière les voiles des bateaux ancrés à quai dans le port. La nuit précédente, la jeune fille avait rendu son dernier souffle dans les bras de Cervantes, dans la chambre qu'ils occupaient au dernier étage d'un vieil édifice de la rue Ample. L'imprimeur Antoni Sempere et Sancho l'accompagnaient à l'instant où elle ouvrit les yeux pour la dernière fois et murmura dans un sourire “libère-moi”.

Sempere avait terminé l’après-midi même l’impression de la deuxième version d’*Un poète aux enfers*, une romance en trois actes de M. Miguel de Cervantes Saavedra, et il en avait apporté un exemplaire pour le montrer à l’auteur qui n’eut pas le courage de lire ne fût-ce que son nom sur la couverture. L’imprimeur, dont la famille possédait une petite parcelle proche de l’ancienne porte de Santa Madrona, à côté de la rue de Trenta Claus, lui offrit de donner une sépulture à la jeune fille dans cet humble cimetière où, aux pires temps de l’Inquisition, la famille Sempere avait sauvé des livres du bûcher en les cachant dans des cercueils qu’elle avait enterrés dans un simulacre de cimetière, sanctuaire de livres. Cervantes accepta, éperdu de gratitude.

Le lendemain, après avoir mis le feu pour la seconde et dernière fois à son *Poète aux enfers*, sur le sable de la plage où, un jour, le bachelier Samson Carrasco devrait vaincre l’ingénieux hidalgo Alonso Quichano, Cervantes quitta la ville et partit, mais cette fois avec l’âme emplie du souvenir et de la lumière de Francesca.

BARCELONE, 1610

Quatre décennies allaient s’écouler avant que Miguel de Cervantes ne revînt dans la ville où il avait enterré son innocence. Un flot de mésaventures, d’échecs et de malheurs avait jalonné le récit de ses jours. Les douceurs de la reconnaissance, même dans ses plus misérables et pingres incarnations, ne lui avaient pas souri avant une maturité déjà très entamée. Et tandis que son contemporain admiré, le dramaturge et aventurier Lope de Vega, avait récolté succès, fortune et gloire depuis sa jeunesse, Cervantes ne profita des lauriers qu'assez tard parce que l'éloge n'a de prix que lorsqu'il intervient au moment propice. Devenu fleur fanée et tardive, il n'est plus qu'insulte et offense.

Autour de l'année 1610, Cervantes pouvait enfin se considérer comme un homme de lettres célèbre, bien qu'à la fortune très modeste puisque le vil métal qui l'avait fui toute sa vie ne paraissait pas disposé à changer d'idée à la fin de son existence. Ironie du destin mise à part, les spécialistes affirment que Cervantes fut heureux durant les trois petits mois qu'il passa à Barcelone en 1610, même s'il n'en manque pas pour douter qu'il ait réellement foulé une fois dans sa vie le sol de la cité, ou d'autres prêts à faire tout un monde en cas d'insinuation que tout événement relaté dans cette modeste romance apocryphe s'était déroulé à un moment ou dans un endroit extérieurs à l'imagination décadente d'un scribe sans âme.

Toutefois, si nous devons accorder du crédit à la légende et accepter la monnaie de la fantaisie et du rêve, nous pouvons affirmer que pendant ces journées-là Cervantes occupait un petit bureau en face de la muraille du port, les grandes fenêtres ouvertes sur la lumière de la Méditerranée, guère éloigné de la chambre où Francesca di Parma avait rendu l'âme entre ses bras, et que chaque jour il s'asseyait là pour composer une des œuvres qui lui apporteraient une telle célébrité, surtout en dehors des frontières du royaume qui l'avait vu naître. La maison où il logeait était la propriété de son vieil ami Sancho, commerçant prospère désormais, doté d'une progéniture de six bouches et d'une disposition affable que même le contact avec les hontes du monde n'avait pas réussi à lui arracher.

— Qu'écrivez-vous, maître ? lui demandait quotidiennement Sancho en le voyant sortir dans la rue. Madame mon épouse attend toujours les nouvelles aventures de bravoure et de lances de notre cher hidalgo de la Manche…

Cervantes se contentait de sourire et il ne répondait jamais à la question. Parfois, en fin de journée, il se rendait dans l'atelier d'imprimerie toujours dirigé par le vieil Antoni de Sempere et son fils, rue de Santa Ana, à côté de l'église. Cervantes aimait passer du temps au milieu des livres et des pages à relier, bavardant avec son ami imprimeur et évitant d'évoquer le souvenir toujours vif dans leur mémoire.

Un soir, à l'heure de quitter l'atelier, Sempere renvoya son fils à la maison et il ferma les portes derrière lui. L'imprimeur avait un air inquiet et Cervantes savait que quelque chose trottait dans la tête de son bon ami depuis quelque temps.

— L'autre jour, un gentilhomme s'est présenté ici et il a demandé après vous, commença Sempere. Cheveux blancs, très grand, avec des yeux…

— … de loup, termina Cervantes.

Sempere hocha la tête.

— C'est vous qui l'avez dit. Il m'a annoncé qu'il était un vieil ami à vous et qu'il aimerait vous voir si vous passiez par la ville… Je ne saurais vous dire pourquoi, mais dès qu'il est parti, une grande angoisse s'est emparée de moi et je me suis mis à penser qu'il s'agissait de quelqu'un de proche de celui dont vous nous aviez parlé, au bon Sancho et à moi-même, une maudite nuit dans la taverne voisine de la basilique de Santa Maria del Mar. Il me faut ajouter qu'il portait un petit ange au revers de sa veste.

— Je croyais que vous aviez oublié cette histoire, Sempere.

— Je n'oublie rien de ce que j'imprime.

— Il ne vous serait pas venu à l'esprit de conserver une copie, j'espère.

Sempere lui adressa un sourire mitigé. Cervantes soupira.

— Que vous a offert Corelli pour votre exemplaire ?

— Suffisamment pour me retirer des affaires et céder mon commerce aux fils de Sebastián de Comellas, et faire ainsi une bonne action.

— Le lui avez-vous vendu ?

Pour toute réponse, Sempere tourna les talons, alla dans un recoin de l'atelier, s'agenouilla et ôta quelques planches du sol pour récupérer un objet enveloppé dans des linges qu'il déposa sur la table, devant Cervantes.

Le romancier étudia le paquet pendant quelques secondes et, avec l'assentiment de Sempere, il écarta les linges pour révéler l'unique copie existante d'*Un poète aux enfers*.

— Est-ce que je peux l'emporter ?

— Il est à vous, répondit Sempere. Par paternité littéraire et comme justificatif de paiement de l'édition.

Cervantes ouvrit le livre et son regard glissa sur les premières lignes.

— Un poète est la seule créature qui récupère la vue avec les années, dit-il.

— Irez-vous à sa rencontre ?

Cervantes sourit.

— Ai-je le choix ?

Deux jours plus tard, Cervantes sortit faire une longue promenade dans la ville comme tous les matins, et malgré l'avertissement de Sancho prévenu par des pêcheurs qu'un orage menaçait sur la mer. La pluie se mit à tomber avec force à midi et le ciel se couvrit de nuages noirs qui trémulaient au gré des éclairs, accompagnés du fracas de coups de tonnerre paraissant frapper les murs et menacer de raser la ville. Cervantes entra dans la cathédrale pour s'abriter de la tempête. Dans le temple désert, le romancier s'assit sur un banc d'une chapelle latérale baignée de la lumière chaude de centaines de bougies qui brûlaient dans la pénombre. Il ne fut pas surpris de voir soudain Andreas Corelli assis à ses côtés, le regard fixé sur le Christ suspendu au-dessus de l'autel.

— Les années n'ont aucune prise sur vous, Votre Grâce, dit Cervantes.

— Pas plus que sur votre esprit, cher ami.

— Parfois tout de même sur ma mémoire, parce que je crois avoir oublié le moment où nous fûmes amis, vous et moi…

Corelli haussa les épaules.

— Il est ici, crucifié pour expier les péchés des hommes, sans rancœur, et vous n'êtes pas capable de pardonner à ce pauvre diable…

Cervantes lui lança un regard sévère.

— Ne me dites pas maintenant que le blasphème vous offense.

— Le blasphème n'offense que celui qui le profère aux fins d'humilier les autres.

— Mon propos n'est pas de vous humilier, ami Cervantes.

— Quel est donc votre propos, *signore* Corelli ?

— Vous demander pardon ?

Un long silence s'installa entre eux.

— Le pardon ne se réclame pas avec des mots.

— Je le sais. Ce ne sont pas des mots que je vous offre.

— Vous ne vous offusquerez pas si je vous dis qu'à entendre le terme "offrir" dans votre bouche, mon enthousiasme faiblit.

— Pourquoi m'offusquerais-je ?

— Votre Excellence est peut-être devenue folle d'avoir lu trop de missels et Votre Grâce a commencé à croire qu'elle chevauche dans cette vallée de ténèbres pour redresser les torts que Notre Sauveur nous a laissés à tous sur cette terre en abandonnant le navire à la dérive.

Corelli se signa et sourit, dégageant des dents effilées et canines.

— Amen, conclut-il.

Cervantes se leva, fit la révérence et prit congé sur ces mots :

— La compagnie est plaisante, cher *arcangelo*, mais dans les circonstances présentes je préfère celle des éclairs et du tonnerre, et profiter au calme de l'orage.

Corelli soupira.

— Écoutez d'abord ma proposition.

Cervantes s'éloigna lentement vers la sortie. Devant lui, les portes de la cathédrale se refermaient lentement.

— J'ai déjà vu ce tour de passe-passe.

Corelli l'attendait dans la pénombre, au seuil de l'église, enfoncé dans l'obscurité. Seuls ses yeux étaient visibles, rouges du reflet des bougies allumées.

— Vous avez perdu une fois déjà ce que vous aimiez ou croyiez aimer le plus au monde en échange de la possibilité de créer un chef-d'œuvre.

— Je n'ai jamais eu le choix. Vous avez menti.

— Le choix a toujours été entre vos mains, mon ami. Vous le savez.

— Ouvrez la porte.

— La porte est ouverte. Vous pouvez sortir quand il vous plaira.

Cervantes allongea la main et poussa le portail. Le vent et la pluie lui crachèrent au visage. Il s'arrêta un instant avant de sortir, et dans l'obscurité la voix de Corelli murmura à son oreille.

— Vous m'avez manqué, Cervantes. Ma proposition est simple : reprenez la plume que vous avez abandonnée et rouvrez les pages que vous n'auriez jamais dû abandonner. Ressuscitez votre œuvre immortelle et parachevez les errances du Quichotte et de son fidèle écuyer pour le plaisir et la consolation du pauvre lecteur que vous avez laissé orphelin d'esprit, d'humour et d'imagination.

— L'histoire est terminée, l'hidalgo enterré et ma voix éreintée.

— Faites-le pour moi et je vous rendrai la compagnie de ce que vous avez le plus aimé.

Cervantes, aux portes de la cathédrale, contempla l'orage fantomatique qui chevauchait sur la ville.

— Vous le promettez ?

— Je le jure. En présence de mon Père et Seigneur.

— Quel est le tour de passe-passe cette fois ?

— Cette fois, il n'y a pas de tour de passe-passe. Cette fois, en échange de la beauté de votre création, je vous remettrai ce que vous désirez le plus.

Et ainsi, sans plus, le vieux romancier partit sous la pluie vers sa destinée.

BARCELONE, 1616

En cette dernière nuit sous les étoiles de Barcelone, le vieux Sempere et Andreas Corelli accompagnèrent le cortège funèbre au long des rues étroites de la ville jusqu'au cimetière particulier de la famille Sempere, là où de nombreuses années plus tôt trois amis qui partageaient un secret inavouable avaient donné une sépulture à la dépouille de Francesca di Parma. Le carrosse avançait en silence à la lueur des torches et les gens s'écartaient sur son passage. Ils parcoururent l'écheveau de passages et de places qui menaient au petit cimetière fermé par une grille aux pointes de lance acérées. Le carrosse s'arrêta devant le portail. Les deux cavaliers qui l'escortaient mirent pied à terre et, aidés du cocher, ils sortirent le cercueil dépourvu de nom et de signe distinctif. Sempere ouvrit les battants du portail et il leur céda le passage. Ils portèrent le cercueil jusqu'à une tombe ouverte qui attendait sous la lune et ils le posèrent sur le sol. Corelli fit un signe et les sujets se retirèrent jusqu'à la porte du cimetière, laissant Sempere en compagnie de l'éditeur. Un bruit de pas près de la grille fit se retourner Sempere, qui reconnut le vieux Sancho venu faire ses adieux à son ami. Corelli hocha la tête et les cavaliers le laissèrent passer. Quand ils furent tous les trois devant la tombe, Sancho s'agenouilla et baisa le couvercle du cercueil.

— Je voudrais dire quelques mots, murmura-t-il.

— Faites, accepta Corelli.

— Que Dieu garde dans sa gloire infinie un grand homme et un ami meilleur encore. Si, au regard de l'assistance, Dieu délègue ses devoirs à des dignitaires d'un rang discutable, que ce soient l'honneur et l'estime de ses amis qui l'accompagnent dans son dernier voyage au paradis, et que son âme immortelle ne s'égare pas dans des chemins sulfureux, qu'elle appelle à son secours les subterfuges d'un ange révoqué, car vive le ciel que dans un pareil cas je me munirai moi-même d'une armure et d'une lance et viendrai le sauver, quels que soient les manèges et les complots multiples placés en travers de ma route par la méchanceté du gardien de l'Averne.

Corelli posait sur lui un regard glacial. Sancho avait beau être mort de peur, il ne le quitta pas des yeux.

— Est-ce tout ? demanda Corelli.

Sancho fit oui de la tête, croisant ses mains pour cacher leur tremblement. Sempere leva les yeux vers Corelli d'un air sévère. L'éditeur approcha du cercueil qu'il ouvrit, à la surprise et à la crainte de tous.

À l'intérieur gisait le cadavre de Cervantes revêtu de l'habit de moine franciscain, le visage découvert, les yeux ouverts et une main sur la poitrine. Corelli la souleva et il plaça dessous le livre qu'il avait emporté avec lui.

— Mon ami, je vous rends ces pages, la sublime troisième et dernière partie de la plus grande des fables qu'il vous fallut bien écrire pour l'humble lecteur qui sait que jamais les hommes ne mériteront tant de beauté. Pour cette raison, nous l'enterrons avec vous, pour que vous l'emportiez au rendez-vous avec qui vous a attendu toutes ces années et que, le sachant ou pas, vous avez toujours désiré rejoindre.

Ainsi s'accomplissent votre plus grand désir, votre destin et votre récompense finale.

Après ces mots, Corelli ferma le cercueil.

— Ci-gisent Francesca di Parma, une âme pure, et Miguel de Cervantes, lumière parmi les poètes, mendiant parmi les hommes, et Prince du Parnasse. Ils reposeront en paix parmi les livres et les mots sans que le reste des mortels ne vienne perturber leur repos éternel, ni n'en ait connaissance. Que ce lieu demeure secret, qu'il soit un mystère dont personne ne sache l'origine et la fin. Et que vive en lui pour toujours l'esprit du plus grand conteur d'histoires qu'il y eut sur terre.

Des années plus tard, sur son lit de mort, le vieux Sempere raconterait comment en cet instant il crut voir Andreas Corelli verser une larme, laquelle, en tombant sur la tombe de Cervantes, se transforma en pierre. Il sut alors que sur cette pierre il construirait un sanctuaire, un cimetière d'idées et d'inventions, de mots et de merveilles, qui croîtrait sur les cendres du Prince du Parnasse, et qu'un jour il accueillerait la plus grande des bibliothèques où toutes les œuvres persécutées ou méprisées par l'ignorance et la méchanceté des hommes finiraient, dans l'attente de rencontrer à nouveau le lecteur que tout livre porte en lui.

— Ami Cervantes, dit-il en faisant ses adieux, bienvenue au Cimetière des Livres oubliés.

Ce récit est un simple divertissement qui joue avec quelques-uns des éléments les moins connus et documentés de la vie du grand écrivain, concrètement son voyage en Italie dans sa jeunesse et son ou ses séjours à Barcelone, la seule ville qu'il mentionne, et de manière répétée, dans son œuvre.

À la différence de son contemporain admiré Lope de Vega qui rencontra un grand succès dès ses premières années, Cervantes eut la plume tardive, peu récompensée et peu reconnue. Les dernières années de la vie de Miguel de Cervantes Saavedra furent les plus fertiles de sa carrière littéraire accidentée. Après la publication de la première partie de Don Quichotte de la Manche *en 1605, l'œuvre peut-être la plus célèbre de l'histoire de la littérature et annonciatrice du roman moderne, une période de calme relatif et de reconnaissance lui permit de publier en 1613 les* Nouvelles exemplaires *et l'année suivante le* Voyage au Parnasse.

En 1615 parut la seconde partie de Don Quichotte. *Miguel de Cervantes mourut l'année suivante à Madrid, où il est enterré, c'est du moins ce qu'on a cru pendant des années, dans le couvent des Trinitaires déchaussées.*

Rien ne prouve que Cervantes ait écrit une troisième partie à sa plus géniale création.

Aujourd'hui, on ne sait pas avec certitude où repose réellement sa dépouille.

Puerta de Tallers
Puerta de San Antonio
Puerta de Santa Ana
Calle del Carmen
Calle del Hospital
Puerta Ferrissa
Ramblas
Puerta del Angel
Iglesia de Santa Ana
Calle de Santa Ana
Puerta de Jonqueres
Calle Alta de San Pedro
Portal Nou
Iglesia de Santa Maria del Pi
Puerta de la Boqueria
Puerta de San Pablo
Calle de San Pablo
Catedral
Santa Catalina
Calle del Portal Nou
Calle de Trenta Claus
Puerta de Trenta Claus
Ramblas
Iglesia de Santa Maria del Mar
Puerta de San Daniel
Puerta de Santa Madrona
Atarazanas
Puerta de las Atarazanas
Calle Ancha

CONTE DE NOËL

Il y eut un temps où les becs de gaz éclairaient les rues de Barcelone à la nuit tombée et où le jour se levait sur la ville entourée d'une forêt de cheminées qui empoisonnaient le ciel écarlate. Barcelone ressemblait alors à une falaise de basiliques et de palais intriqués dans un labyrinthe de ruelles et de tunnels attrapés dans une brume perpétuelle d'où émergeait une grande tour aux angles de cathédrale, aiguille gothique, gargouilles et rosaces. Au dernier étage vivait l'homme le plus riche de la ville, l'avocat Eveli Escrutx.

Chaque soir, sa silhouette se découpait derrière les feuilles dorées du dernier étage, contemplatrice de la ville à ses pieds telle une ténébreuse sentinelle. Escrutx avait fait fortune très jeune en défendant les intérêts d'assassins en gants blancs, de financiers dits indiens pour avoir fait fortune aux Amériques, et d'industriels de la nouvelle civilisation de la vapeur et du métier à tisser. Il se racontait que les cent familles les plus puissantes de Barcelone lui versaient une rente annuelle pour bénéficier de ses conseils, et que toute sorte d'hommes d'État et de généralissimes aspirant à régner en empereurs se rendaient chez lui en procession pour être reçus dans son bureau, au sommet de la tour. Il se racontait qu'il ne dormait jamais, qu'il veillait toute la nuit en contemplant Barcelone depuis sa grande fenêtre et qu'il n'avait plus quitté la tour depuis la mort de son épouse, trente-trois ans plus tôt. Il se racontait que cette perte était comme un poignard planté dans son âme, qu'il détestait tout et tout le monde, et que seul le désir de voir l'univers se consumer dans sa propre avarice et sa mesquinerie guidait son existence.

Escrutx n'avait ni amis ni confidents. Il vivait au sommet de la tour sans autre compagnie que Candela, une servante aveugle dont les mauvaises langues donnaient à entendre qu'elle était à moitié sorcière et qu'elle errait dans les rues du Raval, attirant avec des bonbons des enfants pauvres qu'on ne revoyait jamais. À part la domestique et ses talents secrets, l'avocat n'avait pour seule passion connue que le jeu d'échecs. Chaque Noël, Escrutx invitait un Barcelonais à le rejoindre en haut de la tour pour le réveillon. Il lui offrait un dîner exquis arrosé de vins exceptionnels. Lorsque les cloches de la cathédrale sonnaient les douze coups de minuit, Escrutx servait deux verres d'absinthe et il conviait son invité à une partie d'échecs. L'avocat s'engageait à lui céder toute sa fortune et ses propriétés dans le cas où il gagnerait, mais il devait signer un contrat selon lequel l'avocat deviendrait l'unique propriétaire et le bourreau de son âme immortelle s'il perdait. Toutes les nuits de Noël.

Candela parcourait les rues de Barcelone dans le véhicule à cheval noir de l'avocat, à la recherche d'un joueur. Mendiants ou banquiers, assassins ou poètes, peu importait. La partie se prolongeait jusqu'à l'aube du jour de Noël. Quand un soleil de sang se découpait au petit jour sur les toits enneigés du quartier gothique, l'adversaire comprenait invariablement qu'il avait perdu le défi. Il sortait dans les rues froides avec ce qu'il avait sur le dos pendant que l'avocat prenait un nouveau flacon de cristal vert émeraude sur lequel il inscrivait le nom du perdant, avant de le ranger dans une vitrine à côté de dizaines d'autres identiques.

On raconte que ce Noël-là, le dernier de sa longue vie, l'avocat Escrutx envoya comme d'habitude sa Candela aux yeux blancs et aux lèvres noires dans les rues, à la recherche d'une nouvelle victime. Une tempête de neige menaçait Barcelone, ses corniches et ses terrasses étincelantes de gel. Des bandes de chauves-souris tournoyaient entre les tours de la cathédrale et une lumière de cuivre chaud se déversait sur les ruelles. Les coursiers noirs qui tiraient le véhicule s'arrêtèrent brusquement au début de la rue du Bisbe, leur souffle chargé de givre et de terreur. La silhouette émergea des ténèbres, un long voile de mariée se fondant dans le blanc de la neige, un bouquet de roses rouges à la main. Son parfum enivra Candela, qui l'invita à monter dans le véhicule. Quand la servante chercha à palper son visage, elle ne rencontra que glace et fiel sur les lèvres humides. Elle la conduisit à la tour, qui dans ce temps-là s'élevait sur les ruines d'un ancien cimetière, près de la rue Avinyó.

On raconte que lorsque l'avocat Escrutx la vit, il en resta muet et fit signe à Candela de se retirer. L'invitée de cette ultime nuit de réveillon ôta son voile et l'avocat Escrutx, l'âme vieillie et le regard aveuglé par l'amertume, crut reconnaître le visage de son épouse perdue, scintillant de porcelaine et de carmin. Lorsque Escrutx lui demanda son nom, elle sourit seulement. Les douze coups de minuit retentirent peu après et la partie d'échecs commença. Plus tard, on expliqua que l'avocat fatigué s'était laissé vaincre et que Candela, folle de jalousie, avait allumé le feu qui réduisit la tour en cendres, amenant l'aube au petit matin sur les ciels pourpres de Barcelone. Des enfants rassemblés autour d'un feu sur la place Sant Jaume jureraient avoir vu l'avocat Escrutx sortir jusqu'à la balustrade couronnée d'anges d'albâtre peu avant que les flammes n'apparussent aux grandes fenêtres de la tour, ouvrir des flacons vert émeraude et les renverser, le vent dispersant des plumes de vapeur qui s'évanouissaient en larmes sur les terrasses de tout Barcelone. Des serpents de feu s'enroulèrent le long de la tour jusqu'à gagner le sommet et l'on vit pour la dernière fois la silhouette de l'avocat Escrutx, sautant dans le vide depuis le haut de la tour, enlacé à une fiancée de feu, leurs deux corps réduits en cendres emportés par le vent avant qu'ils n'allassent se fracasser sur les pavés. La tour s'effondra à l'aube comme un squelette d'ombre se recroquevillant sur lui-même.

Pour finir, la légende dit qu'à peine quelques jours après la chute de la tour, une conspiration de silence et d'oubli effaça des chroniques de la ville et pour toujours le nom de l'avocat Escrutx. Les poètes et les esprits purs assurent qu'aujourd'hui encore, si on lève les yeux vers le ciel la nuit de Noël, on peut apercevoir la silhouette fantomatique de la tour en flammes sur le ciel, à minuit, et entrevoir l'avocat Escrutx, aveuglé de larmes et de repentance, libérer le premier des flacons vert émeraude de sa collection, celui qui portait son nom. Mais certains affirment qu'ils furent nombreux à se rendre sur les ruines de la tour pour en emporter un morceau fumant, et que les sabots des chevaux du carrosse de Candela résonnent encore dans les recoins obscurs du Raval, toujours dans les ténèbres, à la recherche du prochain candidat.

ALICIA, À L'AUBE

La maison où je la vis pour la dernière fois n'existe plus. À la place s'élève aujourd'hui un de ces édifices qui s'enfoncent à perte de vue et pavent le ciel d'obscurité. Pourtant, encore aujourd'hui, chaque fois que je passe par là je me rappelle ces maudites journées de la Noël de 1938, quand la rue Muntaner dessinait une montée de tramways et de somptueuses demeures. J'avais à peine treize ans et je gagnais chaque semaine quelques sous comme garçon de courses dans une boutique de prêt sur gages de la rue Elisabets. Le propriétaire, M. Odón Llofriu, cent quinze kilos de mesquinerie et de suspicion, présidait aux destinées de son bazar de quincaille en se plaignant de tout et de rien, jusqu'à l'air que respirait l'orphelin de merde, un des milliers que crachait la guerre, qu'il n'appelait jamais par son prénom.

— Oh là là, gamin, éteins cette ampoule, c'est pas le moment de gaspiller. Tu passeras le balai serpillière à la bougie, ça stimule la rétine et ça te rendra plus malin !

Ainsi s'écoulaient nos journées, entre des nouvelles sombres du front et l'avancée des nationaux sur Barcelone, les rumeurs de fusillades et d'assassinats dans les rues du Raval et les sirènes d'alerte des bombardements aériens. Je la vis au cours d'une journée de décembre 1938 aux rues couvertes de neige et de cendres.

Elle était habillée de blanc et sa silhouette paraissait s'être matérialisée dans la brume qui balayait les rues. Elle entra dans la boutique et s'arrêta dans le léger rectangle de clarté qui coupait la pénombre depuis la vitrine. Elle tenait dans ses mains une pochette de velours noir qu'elle ouvrit sur le comptoir sans dire un mot. Une guirlande de perles et de saphirs luisait dans l'ombre. Monsieur Odón chaussa sa loupe de bijoutier et examina la pièce. Je suivais la scène depuis la porte entrebâillée de l'arrière-boutique.

— Ce n'est pas une mauvaise pièce, mais les temps ne sont pas au gaspillage, mademoiselle. Je vous en donne cinquante douros, et je perds de l'argent, mais ce soir, c'est la nuit de Noël et je n'ai pas un cœur de pierre.

La fille replia le carré de velours et elle repartit vers la sortie sans ciller.

— Gamin ! brama monsieur Odón. Suis-la.

— Ce collier vaut au moins mille douros, signalai-je.

— Deux mille, me corrigea monsieur Odón. C'est pour ça qu'on ne va pas le laisser nous échapper. Suis-la jusqu'à son domicile et assure-toi que personne ne lui donne un mauvais coup et ne la dépouille. Elle reviendra, comme tous les autres.

Quand je sortis, la trace de la jeune fille se perdait déjà sur le manteau blanc. Je la suivis dans le dédale de rues et d'édifices éventrés par les bombes et la misère jusqu'à la place du Pes de la Palla, où j'eus à peine le temps de la voir monter dans un tramway qui remontait la rue Muntaner. Je courus derrière le véhicule et je sautai sur le marchepied à l'arrière.

Nous montâmes ainsi, ouvrant des rails noirs sur la toile neigeuse que tendait la tempête tandis que le jour déclinait et que le ciel se teintait de sang. En arrivant au croisement de la Travessera de Gràcia, j'étais gelé jusqu'aux os. J'allais abandonner ma mission et échafauder un mensonge quelconque pour satisfaire monsieur Odón quand je la vis descendre et se diriger vers le portail de la grande demeure. Je sautai du tramway et courus me cacher au coin de la rue. La jeune fille se glissa dans le jardin par la grille. Je me collai aux barreaux et je la vis avancer au milieu des arbres qui entouraient la maison. Elle s'arrêta au pied du perron et se retourna. Je voulus me mettre à courir, mais le vent glacé m'en avait déjà ôté toute envie. La jeune fille m'observa avec un léger sourire et elle me tendit une main. Je compris qu'elle m'avait pris pour un mendiant.

— Viens, dit-elle.

La nuit était déjà tombée quand je la suivis dans la demeure enténébrée. Un faible halo léchait les contours environnants. Des livres tombés au sol et des rideaux élimés ponctuaient un paysage de meubles cassés, de tableaux lacérés et de taches sombres éclatées sur les murs comme des impacts de balles. Nous arrivâmes dans un grand salon qui abritait un mausolée de vieilles photographies empestant l'absence. La jeune fille s'agenouilla dans un coin de la pièce, devant le foyer d'une cheminée, et elle alluma un feu avec des pages de journaux et des débris de chaise. Je m'approchai des flammes et j'acceptais le bol de vin tiède qu'elle me tendit. Elle vint près de moi, le regard perdu sur le feu. Elle me dit qu'elle s'appelait Alicia. Elle avait une peau de dix-sept ans mais elle était trahie par son regard, le regard grave et insondable de ceux qui n'ont plus d'âge, et lorsque je la questionnai pour savoir si ces photographies appartenaient à sa famille, elle ne répondit pas.

Je me demandai depuis combien de temps elle vivait là, toute seule, cachée dans cette demeure, vêtue de sa robe blanche qui se décousait, bradant des bijoux pour survivre. Elle avait posé la pochette de velours noir sur la tablette de la cheminée. Chaque fois qu'elle se baissait pour attiser les braises, mon regard s'échappait vers le tissu noir et j'imaginais le collier à l'intérieur. Plusieurs heures plus tard, nous écoutâmes les cloches qui sonnaient les douze coups de minuit, enlacés devant le feu en silence, et je me dis que ma mère m'aurait tenu de cette façon dans ses bras, si j'avais pu me souvenir d'elle. Lorsque les flammes commencèrent à baisser, je voulus jeter un livre sur les braises, mais Alicia me le prit des mains et elle se mit à le lire à haute voix jusqu'à ce que le sommeil nous emporte.

Je partis un peu avant l'aube. Je me détachai de ses bras et je courus dans l'obscurité vers la grille, le collier dans les mains et le cœur battant de rage. Je passai les premières heures de cette journée de Noël avec deux mille douros de perles et de saphirs dans la poche, maudissant ces rues noyées sous la neige et la fureur, traitant de tous les noms ceux qui m'avaient abandonné au milieu des flammes, jusqu'à ce qu'un faible soleil vienne ficher un rai de lumière au milieu des nuages. Je rebroussai chemin jusqu'à la demeure, traînant ce collier qui pesait désormais une tonne et qui m'étouffait, car je ne désirais qu'une chose, la retrouver encore endormie, endormie pour toujours, afin de reposer le collier sur la tablette de la cheminée et m'enfuir, et ne plus jamais avoir à me souvenir de son regard et de sa voix chaude, le seul contact pur que j'avais jamais connu.

La porte était ouverte et une lumière perlée gouttait par les trous de la toiture. Je la trouvai étendue sur le sol, le livre encore dans les mains, les lèvres empoisonnées de givre, les yeux ouverts sur son visage blanc de glace, une larme rouge arrêtée sur la joue, le vent qui soufflait de la grande fenêtre entièrement ouverte l'enterrant sous une poudre de neige. Je posai le collier sur sa poitrine et je m'enfuis pour me confondre avec les murs de la ville et me cacher dans ses silences, évitant mon reflet dans les vitrines de crainte de me trouver face à un étranger.

Peu après, les cloches de Noël s'étant tues, on entendit de nouveau les sirènes et un essaim d'anges noirs envahirent le ciel écarlate de Barcelone, lâchant des colonnes de bombes qui ne toucheraient jamais le sol.

DES HOMMES EN GRIS

Il ne me disait jamais son nom, et je n'avais jamais désiré le lui demander. Il m'attendait comme toujours sur le vieux banc du parc du Retiro échoué dans une enfilade de tilleuls dénudés par l'hiver et la pluie. Des lunettes noires obturaient le puits de son regard. Il souriait. Je m'assis à l'autre bout du banc. Le messager me tendit l'enveloppe, que je rangeai sans l'ouvrir.

— Vous ne comptez pas ?

Je fis non de la tête.

— Vous devriez. Cette fois, le tarif a été triplé. Plus les frais et les déplacements.

— Où ?

— À Barcelone.

— Je ne m'occupe pas de Barcelone, vous le savez. Donnez-le à Sanabria.

— Nous l'avons fait. Il y a eu un problème.

Je sortis de ma poche l'enveloppe contenant l'argent et je la lui tendis à mon tour.

— Je ne fais pas Barcelone. Vous le savez très bien.

— Vous ne me demandez pas qui est la cible ?

Son sourire dégoulinait de fiel.

— Tout est dans l'enveloppe. Le billet pour le train de ce soir est à votre nom à la consigne de la gare d'Atocha. M. le ministre m'a demandé de vous transmettre ses plus sincères et personnels remerciements. Il n'oublie jamais une faveur.

Le messager aux lunettes noires se leva et il s'apprêtait, avec une légère courbette, à prendre congé sous la pluie. Cela faisait déjà trois ans que nous nous retrouvions dans ce même recoin du parc, toujours à l'aube, et nous n'avions jamais échangé une parole autre que celles strictement nécessaires. Je l'observai enfiler ses gants de cuir noir. Ses mains s'ouvraient comme des araignées. Il nota mon regard attentif et s'arrêta.

— Un problème ?

— Une simple curiosité. Que répondez-vous à vos amis quand ils vous demandent ce que vous faites comme travail ?

Quand il souriait, son visage cadavérique prenait la teinte de linceul de sa gabardine.

— Du nettoyage. Je leur réponds que je travaille dans un service de nettoyage.

Je hochai la tête.

— Et vous ? demanda-t-il. Que leur répondez-vous ?

— Je n'ai pas d'amis.

Des éclats de brume glacée rampaient sous la voûte de la gare d'Atocha lorsque je m'engageai sur le quai désert, ce 9 janvier 1942, pour monter dans le train express de minuit pour Barcelone. La gratitude de M. le ministre m'avait valu une place en première classe et l'intimité de velours d'un compartiment pour moi seul. Même en ces temps troubles, la dernière chose qui se perdait était la courtoisie entre professionnels. Le train glissa, sa traîne de vapeur griffant l'obscurité, et la ville s'évanouit rapidement dans un souffle de lumières attiédies et de terres à l'abandon. Seulement alors, j'ouvris l'enveloppe et je sortis les feuilles méticuleusement pliées, tapées à la machine à l'encre bleue, interligne un et demi. Je fus surpris de ne pas trouver de photo dans l'enveloppe. Je me demandai si la seule photo de la cible n'avait pas déjà été donnée à Sanabria. La lecture de quelques lignes du rapport me suffit pour comprendre que, cette fois, il n'y en aurait pas.

J'éteignis la lumière du compartiment et je m'abandonnai à une nuit sans rêve jusqu'à ce que l'aube ensanglante l'horizon d'écarlate et que la silhouette de Montjuïc se dessine au loin. Trois ans plus tôt, je m'étais juré de ne jamais remettre les pieds à Barcelone. J'avais fui ma ville, l'âme intoxiquée. Une multitude de fabriques fantomatiques et des brouillards soufrés nous enveloppèrent, et la ville nous avala bientôt dans un tunnel empestant la suie et la malédiction. J'ouvris la sacoche et je remplis le chargeur de mon revolver avec les balles que Sanabria m'avait appris à utiliser au cours des années où j'avais été son apprenti dans les rues du Raval. Des projectiles de neuf millimètres à pointe creuse, pour s'ouvrir comme une gueule de métal brûlant à l'impact, perforer les chairs et provoquer des blessures de sortie de la taille d'un poing. À la descente du train, affrontant la cathédrale de fer de la gare de France, je fus reçu par un vent froid et humide. J'avais oublié que la ville empestait toujours la poussière. Je pris la direction de la Via Laietana sous une poudre neigeuse qui flottait dans les ténèbres aqueuses de l'aube. Les tramways ouvraient des layons sur le manteau blanc et les gens, gris et sans visage, déambulaient sous le souffle de lampadaires scintillants qui éclaboussaient les rues d'une encre violacée. Traversant la place Pla de Palau, je m'enfonçai dans le maillage de rues qui entouraient la basilique de Santa Maria del Mar. Une bonne partie des ruines provoquées par les bombardements aériens demeuraient intactes. Les viscères d'édifices éventrés par les bombes – salles à manger, chambres à coucher et toilettes déserts, ouverts à la vue de tous – s'élevaient à côté des terrains remplis de gravats qui servaient de refuge aux vendeurs de charbon de marché noir et aux visages en haillons dont le regard ne quittait jamais le sol.

En arrivant à l'entrée de la rue Argenteria, je m'arrêtai pour contempler le squelette de l'édifice où j'avais grandi. À peine restait-il la façade marquée au feu et les murs attenants. On apercevait encore les cicatrices des bombes incendiaires qui avaient transpercé les appartements pour répandre une tornade de flammes par les ouvertures de l'escalier et de la tabatière. Quand j'approchai de la porte d'entrée, je me souvins du prénom de la première fille que j'avais embrassée un soir d'été de 1913, sous le porche. Elle s'appelait Merche et elle habitait au troisième étage droite, avec une mère aveugle à qui je n'avais jamais plu. Elle ne s'était pas mariée. Plus tard, on me raconta que lors d'une explosion on l'avait vue projetée depuis le balcon, nue et entourée de flammes, le corps transpercé de mille échardes de verre brûlant. Un bruit de pas derrière moi me ramena au présent. Je me retournai pour découvrir une silhouette couleur cendre en qui je vis la réplique du messager aux lunettes noires. Je le distinguai à peine de l'autre. Ils partageaient le même regard et leur haleine puait la même charogne.

— Toi là, papiers d'identité, marmotta-t-il, triomphal.

Je remarquai le frôlement de quelques regards et le pas accéléré de silhouettes squelettiques. J'observai l'agent de la brigade sociale. Je calculai qu'il avait dans les quarante ans, soixante-dix kilos et un certain poids sur les épaules. L'écharpe noire laissait entrevoir quelques centimètres de gorge. Une entaille rapide pratiquée avec la lame courte pouvait lui trancher la trachée et la jugulaire en moins d'une seconde, le jeter au sol sans voix, sa vie lui glissant entre les doigts sur la toile de neige salie à ses pieds. Des hommes comme lui avaient une famille, et moi des choses à faire. Je lui offris un sourire tiède et le document tamponné par le ministère. Son arrogance s'effaça d'un coup et il me le rendit d'une main tremblante.

— Je vous prie de m'excuser, monsieur. Je ne savais pas…

— Fiche le camp.

L'agent acquiesça à plusieurs reprises et il disparut à toute vitesse au premier coin de rue venu. Les cloches de Santa Maria sonnaient derrière moi quand je repris mon chemin sous la neige jusqu'à la rue Ferran pour me métamorphoser en homme gris, un de plus dans la marée d'hommes gris qui commençaient à inonder ce matin d'hiver. L'un d'eux me suivait du coin de l'œil, toujours à une vingtaine de mètres de moi depuis la gare de France, probablement convaincu que je ne m'étais pas aperçu de sa présence. Je me perdis dans ce confortable anonymat cendré où les assassins, professionnels ou vrais amateurs, endossaient les habits de comptable et de stagiaires, et je traversai les Ramblas en direction de l'hôtel Oriente. Un portier en uniforme, diplômé en lecture des regards, m'ouvrit la porte avec déférence. L'hôtel conservait son allure de navire englouti. Le réceptionniste me reconnut immédiatement et arbora un sourire feint. L'écho d'un piano désaccordé égrenait ses notes derrière les vitres entrouvertes du salon-salle à manger.

— Monsieur désire-t-il la chambre 406 ?

— Si elle est libre.

Je signai le registre pendant que le réceptionniste faisait signe à un garçon d'étage pour qu'il prenne ma sacoche et m'accompagne jusqu'à la chambre.

— Je connais le chemin, merci.

Au coup d'œil du réceptionniste, le garçon battit en retraite.

— Si nous pouvons faire quoi que ce soit pour rendre le séjour de monsieur à Barcelone plus agréable, il suffit à monsieur de le demander.

— Comme d'habitude, répondis-je.

— Oui, monsieur. Ne vous inquiétez pas.

Je me dirigeai vers l'ascenseur et m'arrêtai brusquement. Le réceptionniste était toujours à son poste, son sourire pétrifié aux lèvres.

— M. Sanabria loge-t-il à l'hôtel ?

Sur son visage ne passa qu'un infime battement de paupières, qui me suffit.

— Cela fait un moment que M. Sanabria ne nous a pas fait l'honneur de sa visite.

La chambre 406, au quatrième étage, donnait sur la promenade des Ramblas, avec une vue divine sur le spectre de la ville disparue dont j'étais condamné à me souvenir telle qu'elle était dans les années d'avant-guerre. Mon ombre attendait en bas, tapie sous la marquise d'un kiosque à journaux. Je fermai les persiennes et plongeai la chambre dans une pénombre irisée, puis je m'étendis sur le lit. Les bruits de la ville se glissaient derrière les murs. Je sortis le revolver de la sacoche, croisai les mains sur ma poitrine, un doigt sur la détente, et fermai les yeux. Je plongeai dans un sommeil vaseux, hostile. Des heures ou quelques minutes plus tard, des lèvres humides frôlèrent mes paupières et me réveillèrent. Le corps chaud de Candela était étendu sur le lit et elle se déshabillait de ses doigts vaporeux, laissant apparaître sa peau de sucre blanc ardente dans la lueur des lampadaires nocturnes.

— Ça fait longtemps, murmura-t-elle, m'arrachant des mains le revolver qu'elle posa sur la table de nuit. Si tu le veux, je peux rester toute la nuit.

— Je dois travailler.

— Mais tu auras bien un petit moment pour ta Candela.

Trois ans d'absence n'avaient pas effacé de ma mémoire le souvenir du corps de Candela. Les temps nouveaux et la reprise des hôtels de luxe lui réussissaient. Sa poitrine sentait le parfum cher et je lus une assurance nouvelle sur ses cuisses blanches recouvertes de bas de soie qu'elle faisait venir de Paris. Patiente et experte, Candela se laissa faire jusqu'à ce que ma soif de sa peau soit rassasiée et que je retombe à côté d'elle. Je l'entendis aller dans la salle de bains et faire couler l'eau. Je me levai et pris l'enveloppe contenant l'argent que je gardais dans la sacoche. À mon tour je triplai son tarif habituel et posai les billets pliés sur la commode. Je m'allongeai sur le lit et contemplai Candela qui allait à la fenêtre et ouvrait les volets. La neige qui tombait derrière les vitres dessinait des points sombres sur sa peau nue.

— Que fais-tu ?
— J'aime te regarder.
— Tu ne me demandes pas où il est ?
— Est-ce que tu me le dirais, par hasard ?
Elle se tourna et s'assit au bout du lit.
— Je ne sais pas où il est. Je ne l'ai pas vu. C'est la vérité.

Je me bornai à opiner du chef. Candela détourna le regard vers les billets posés sur la commode.

— Les affaires marchent bien pour toi, dit-elle.
— Je ne me plains pas.
Je commençai à m'habiller.
— Tu dois déjà t'en aller ?
Je ne répondis pas.
— Il y a largement assez pour toute la nuit. Si tu veux, je t'attends.
— Je tarderai, Candela.
— Je ne suis pas pressée.

J'avais fait la connaissance de Roberto Sanabria une nuit de l'année 1913. La ville se consumait dans un mois d'août de moiteur et de colère. Au petit matin, des tirs avaient éclaté dans le quartier, comme presque tous les jours. J'étais descendu chercher de l'eau à la fontaine, sur le passage du Born. En entendant les coups de feu, j'avais couru me cacher sous un porche de la rue Montcada. Sanabria gisait dans une mare de sang, une nappe visqueuse qui se répandait à mes pieds, à l'entrée de la lézarde entre de vieux bâtiments que certains appellent encore la rue des Mouches. Un revolver fumait dans sa main. Je m'approchai et il me sourit, les lèvres écumantes de sang.

— Ne t'en fais pas, gamin, j'ai plus de vies qu'un chat.

Je l'aidai à se relever et, soutenant son poids considérable, je l'accompagnai jusqu'à une porte de la rue des Banys Vells où une matrone d'aspect lugubre à la peau squameuse nous accueillit. Sanabria avait encaissé deux balles dans le ventre et il avait perdu tellement de sang que sa peau avait la couleur de la cire, mais il ne cessa pas de me sourire tandis qu'un médicastre qui emboucanait le muscat lavait ses blessures au vinaigre et à l'alcool.

— Je te dois une fière chandelle, gamin, dit-il avant de s'évanouir.

Sanabria survécut à cette nuit et à beaucoup d'autres veillées de poudre et de feu. En ces temps-là, les journaux de Barcelone distillaient des articles clamant qu'on tuait dans les rues. Les syndicats de pistoleros rémunérés étaient en augmentation. La vie continuait de valoir aussi peu que d'habitude, mais la mort n'avait jamais valu si peu cher. L'âge venu, Sanabria m'apprit le métier.

— À moins que tu veuilles mourir journalier, comme ton père.

Tuer était une nécessité, mais assassiner était un art, soutenait-il. Comme outils, il préférait le revolver et le couteau, celui à lame courte et bombée utilisé par les matadors pour conclure une faena d'un coup sec et rapide dans l'arène. Sanabria m'enseigna qu'on ne vise un homme qu'au visage et au torse, et si possible à moins de deux mètres de distance. C'était un professionnel doté de principes. Il refusait le travail sur les femmes et les vieux. Comme beaucoup d'autres, il avait appris à tuer pendant la guerre du Maroc. À son retour à Barcelone, il avait commencé sa carrière dans les rangs des pistoleros de la FAI, la Fédération anarchiste ibérique, mais il avait rapidement compris que l'Association patronale payait mieux et que le travail n'était pas contaminé par des slogans ronflants. Il aimait le théâtre de vaudeville et les prostituées, des goûts qu'il m'inculqua avec une rigueur toute paternelle et un certain académisme.

— Il n'y a rien de plus vrai au monde qu'une bonne comédie ou qu'une bonne professionnelle. Ne leur manque jamais de respect et ne te crois jamais supérieur à elles.

Sanabria me présenta une Candela de dix-sept ans, qui portait toute l'expérience de la vie sur sa peau et qui était destinée à travailler dans les bons hôtels et les bureaux de la députation.

— Ne tombe jamais amoureux de ce qui n'a pas de prix, conseilla Sanabria.

Une fois, je lui demandai combien d'hommes il avait tués.

— Deux cent six, me répondit-il. Mais des temps plus prospères approchent.

Mon mentor parlait de la guerre, dont l'odeur empoisonnait l'air comme la puanteur d'un égout bouché. Peu avant l'été 1936, Sanabria me dit que les temps allaient changer et que nous devrions bientôt quitter Barcelone parce que la ville tanguait, une écharde plantée dans le cœur.

— La mort, qui suit toujours l'or, déménage à Madrid, déclara-t-il. Et nous avec. C'est une question de temps.

La véritable prospérité démarra avec la fin de la guerre. Les couloirs du pouvoir se déformaient pour dessiner de nouvelles toiles d'araignées et, comme mon maître l'avait prédit, le million de morts avait à peine commencé à rassasier la soif de haine qui pourrissait les rues. D'anciens contacts de l'Association patronale de Barcelone nous ouvrirent grandes les portes.

— Fini l'assassinat de malheureux dans les urinoirs publics pour trois fois rien, annonça Sanabria. Maintenant, on va se mettre à travailler des contrats de qualité.

S'ensuivirent presque deux années de gloire. Des esprits laborieux et dotés d'une mémoire prodigieuse confectionnaient d'interminables listes de gens qui ne méritaient pas de vivre, des malheureux dont le souffle contaminait le cœur incorruptible de l'ère nouvelle. Des douzaines d'âmes tremblantes se cachaient dans des appartements misérables, craignant la lumière du jour sans savoir qu'ils étaient des morts vivants. Sanabria m'enseigna à ne pas écouter leurs suppliques, leurs larmes et leurs gémissements, à leur exploser la tête d'un coup de feu à bout portant entre les deux yeux avant qu'ils puissent demander pourquoi. La mort les attendait dans les stations de métro, dans les rues obscures, dans les pensions sans eau ni lumière. Des professeurs, des poètes, des soldats ou des sages, tous nous reconnaissaient au premier regard. Certains mouraient sans peur, sereins, le regard clair fixé sur celui de leur assassin. Je ne me rappelle pas leurs noms, ni ce qu'ils avaient fait dans la vie pour attirer leur mort entre mes mains, mais je me souviens de leurs regards. Je perdis ou voulus perdre rapidement le compte. Sanabria commençait à accuser le poids des ans et les cicatrices pour se maintenir dans le métier. Il me céda les commandes les plus glorieuses.

— La carcasse se plaint. À partir de maintenant, je me limiterai aux clients insignifiants. Il faut savoir s'arrêter.

Je rencontrais habituellement le messager aux lunettes noires une fois par semaine, dans le parc du Retiro, sur le même banc. Il avait toujours une enveloppe et une nouvelle cible. L'argent s'entassait sur un compte bancaire d'une officine de la rue O'Donell. La seule chose que Sanabria ne m'avait pas apprise, c'était que faire de ces billets, lissés avec le parfum et l'apprêt, récemment sortis de l'hôtel de la Monnaie.

— Est-ce que ça finira un jour ? lui demandai-je.

Ce fut la seule occasion où l'agent enleva ses lunettes. Il avait les yeux gris comme son âme, morts et vides.

— Il y a toujours quelqu'un d'autre qui ne s'adapte pas au progrès.

Il continuait de neiger quand je sortis sur les Ramblas. C'était à peine une poudre de glace qui n'arrivait pas à prendre forme et s'agitait dans la brise en poussière de lumière qui s'accrochait au souffle. Je marchai jusqu'à la rue Nou, désormais ravalée au rang de tunnel obscur que flanquaient des carcasses oubliées de salles de bal décrépites et de scènes de music-hall fantomatiques, lesquelles en avaient fait une avenue lumineuse et bruyante jusqu'à l'aube, peu d'années auparavant. Les trottoirs puaient l'urine et le charbon. Je pris la rue Lancaster jusqu'au numéro 13. Sur la façade, une paire de vieilles lanternes suspendues éraflaient l'obscurité et permettaient de laisser entrevoir l'affiche clouée sur la porte de bois carbonisée qui fermait l'entrée.

LE THÉÂTRE DES OMBRES
revient à Barcelone après sa triomphale tournée
mondiale pour présenter son nouveau spectacle

grandiose de marionnettes et d'automates,
avec la révélation exclusive et énigmatique
de l'étoile du music-hall de Paris, Madame Isabelle,
et sa troublante "Danse de l'Ange de Minuit".
Séance toutes les nuits, minuit.

Je frappai du poing à deux reprises, j'attendis et je recommençai. Une minute plus tard, j'entendis des pas derrière la porte en chêne qui s'entrouvrit de quelques centimètres pour révéler le visage d'une femme aux cheveux argentés et aux pupilles noires qui paraissaient envahir la cornée. Une lumière dorée et liquide se répandait depuis l'intérieur.

— Bienvenue au théâtre des Ombres, annonça-t-elle.

— Je cherche monsieur Sanabria, dis-je. Je crois qu'il m'attend.

— Votre ami n'est pas là, mais si vous voulez entrer, la représentation est sur le point de commencer.

Je suivis la dame le long d'un étroit couloir qui menait à un escalier descendant au sous-sol de l'édifice. Une douzaine de tables désertes occupaient le parterre. Les murs étaient tendus de velours noir et des aiguilles lumineuses sortaient des projecteurs et perforaient l'atmosphère vaporeuse. Deux clients s'étiolaient au bord de la zone obscure qui entourait la salle. Un comptoir aux miroirs enfumés et une fosse pour un pianiste enterré dans une lumière cuivrée complétaient le tableau. Le rideau de scène écarlate élimé arborait la silhouette brodée d'une marionnette d'Arlequin. Je pris place à une des tables du parterre, face à la scène. Sanabria adorait les spectacles de marionnettes. Il avait l'habitude de dire que c'étaient ceux qui lui rappelaient le mieux les gens de peu. "Plus que les putes."

Le barman me servit ce que je présumai être un verre de brandy et tourna les talons en silence. J'allumai une cigarette et attendis que les lumières s'éteignent. Quand l'obscurité fut totale, les plis du rideau écarlate glissèrent lentement. La silhouette d'un ange exterminateur suspendue par des fils d'argent descendait sur la scène en battant de ses ailes noires au milieu d'une vapeur bleue.

Dans le train pour Barcelone, lorsque j'avais ouvert l'enveloppe contenant l'argent et le rapport et que j'avais commencé à lire les pages dactylographiées, j'avais compris qu'il n'y aurait pas de photo du client cette fois. C'était inutile. Le soir où Sanabria et moi avions quitté Barcelone, les mains de mon maître contenant l'hémorragie qui maculait mon torse, il m'avait regardé droit dans les yeux fixement et il m'avait souri.

— Je te devais une fière chandelle, je te l'ai rendue. Maintenant nous sommes quittes. Un jour, quelqu'un s'en prendra à moi. On ne fait pas carrière dans ce métier sans finir à la place de la cible. C'est la loi. Mais quand mon tour viendra, et il n'est pas lointain, j'aimerais que ce soit toi.

Le rapport du ministère ordonnait entre les lignes, comme d'habitude. Sanabria était rentré à Barcelone trois mois plus tôt. Sa rupture avec le réseau remontait à plus longtemps, au moment où il n'avait pas exécuté plusieurs contrats, alléguant qu'il était un homme de principes dans une époque qui en manquait. La première erreur du ministère fut de tenter de l'éliminer. La deuxième, fatale, de mal s'y prendre. Du premier boucher qu'ils lui envoyèrent, il ne leur fut rendu que la main droite, envoyée par courrier recommandé. On peut assassiner un homme comme Sanabria, mais pas l'insulter. À peine fut-il de retour à Barcelone que les opérateurs du réseau du ministère commencèrent à tomber, l'un après l'autre. Sanabria travaillait de nuit et il avait rafraîchi son coup avec la lame courte. En deux semaines, il décima la structure de base de la brigade sociale de Barcelone. La troisième semaine, il commença à récolter ses trophées dans les secteurs les plus florissants – et visibles – du régime. Pour éviter que la panique ne se propage, Madrid décida d'envoyer un de ses hommes forts pour négocier avec Sanabria. L'homme du ministère repose maintenant sur le marbre funéraire de la morgue du Raval, avec sur sa gorge un nouveau sourire ouvert au couteau, identique à celui qui avait mis un terme à l'existence du lieutenant général Manuel Jiménez Salgado, étoile flamboyante du gouvernement militaire et candidat résolu à embrasser une carrière fulgurante dans les ministères de la capitale. Ils firent alors appel à moi. Le rapport décrivait la situation comme une "crise profonde". Selon la terminologie ministérielle, Sanabria avait décidé d'agir seul et il s'était immergé dans les bas-fonds de Barcelone pour mener à bien une sorte de vengeance personnelle à l'encontre de membres de premier plan de la magistrature militaire du régime. L'engrenage, poursuivait le rapport, devait être "coupé à la racine, quoi qu'il en coûte".

— Je t'attendais plus tôt, murmura la voix de mon mentor dans la pénombre.

Même à son âge, le vieil assassin savait encore se déplacer dans l'obscurité avec l'adresse féline de sa jeunesse. Il me sourit.

— Tu as bonne mine, dis-je.

Sanabria haussa les épaules et il fit un signe en direction de la scène, où un cercueil en bois laqué s'ouvrait comme une fleur pour laisser paraître l'étoile du spectacle d'automates, Madame Isabelle et sa "Danse de l'Ange de Minuit". Les mouvements de la poupée à l'échelle et à l'expression humaine étaient envoûtants. Maintenue par des fils de lumière, Isabelle dansait sur la scène en attrapant au vol les notes du pianiste.

— Je viens ici toutes les nuits pour la voir, murmura Sanabria.

— Ils ne permettront pas que cela continue, Roberto. Si ce n'est pas moi, ce sera d'autres.

— Je le sais. Je me réjouis que ce soit toi.

Nous contemplâmes la danse de l'automate pendant quelques secondes, réfugiés dans la beauté étrange de ses mouvements.

— Qui tire les ficelles ? demandai-je.

Sanabria sourit.

Nous quittâmes le théâtre des Ombres peu avant l'aube. Nous descendîmes les Ramblas jusqu'au bassin du port, cimetière de mâts dans la brume. Sanabria voulait voir la mer une dernière fois, même si ce n'étaient que ces eaux noires aux relents fétides qui léchaient les marches des quais. Quand un brin d'ambre coupa la ligne d'horizon, Sanabria acquiesça enfin, et nous nous dirigeâmes vers la chambre qu'il louait dans un meublé pouilleux au Portal de Santa Madrona. Sanabria ne se sentait jamais aussi en sécurité que parmi ses prostituées. Le logis se réduisait à une chambre humide et sombre, sans fenêtres, tremblotante sous une ampoule nue. Un matelas râpé contre le mur, deux bouteilles vides et des verres sales complétaient le mobilier.

— Un jour, ils s'en prendront à toi aussi, dit Sanabria.

Nous échangeâmes un regard en silence et, n'ayant plus rien d'autre à nous dire, je l'étreignis. Il sentait le vieil homme et la fatigue.

— Dis adieu à Candela de ma part.

Je refermai la porte de sa chambre et je suivis l'étroit couloir aux murs qui suintaient le moisi et le délabrement. Quelques secondes plus tard, le fracas du coup de feu résonna dans le couloir. J'entendis le cadavre tomber sur le sol et je dévalai les escaliers. Sur le palier de l'appartement du dessous, une vieille putain m'observait derrière une porte entrouverte, les yeux pleins de larmes.

J'errai sans but une ou deux heures dans les rues maudites de la ville avant de rentrer à l'hôtel. Quand je traversai le hall, le réceptionniste leva à peine les yeux du registre. Je pris l'ascenseur jusqu'au dernier étage et je marchai dans le couloir désert qui s'arrêtait à la porte de ma chambre. Je me demandai si Candela me croirait si je lui disais que j'avais laissé partir Sanabria, qu'en ce moment même notre vieil ami voguait vers un destin sûr à bord d'un navire de croisière. Peut-être le mensonge serait-il ce qui ressemblait le plus à la vérité, comme toujours. J'ouvris la porte de la chambre sans allumer. Candela était allongée encore endormie sur les draps, le premier souffle de l'aube capté par son corps nu. Je m'assis au bord du lit et promenai mes doigts sur son dos. Elle était froide comme le givre. Je remarquai seulement alors que ce que j'avais pris pour l'ombre de son corps était un œillet de sang se répandant sur le lit. Je me retournai lentement pour découvrir le canon du revolver au seuil de la pénombre, pointé sur mon visage. Les lunettes noires du messager brillaient sur son visage perlé de sueur. Il souriait.

— Monsieur le ministre vous remercie vivement pour votre inestimable collaboration.

— Mais il ne se fie pas à mon silence.

— Les temps sont durs. La patrie exige de nous de grands sacrifices, mon ami.

Je recouvris le corps de Candela avec le drap taché de son sang.

— Vous ne m'avez jamais dit votre prénom, dis-je, lui tournant le dos.

— Jorge, répondit le messager.

Je me retournai brusquement ; dans ma main, le poignard du matador à la lame luisante comme une goutte infime de lumière. L'entaille lui ouvrit le ventre au creux de l'estomac. Le premier coup de son revolver me traversa la main gauche. Le deuxième s'écrasa contre le dosseret d'un montant du lit et le pulvérisa dans une cascade d'éclats de bois fumants. Mais la lame du couteau que Sanabria admirait tant avait déjà transpercé la gorge du messager qui gisait sur le sol et s'étouffait dans son propre sang, tandis que ses mains gantées tentaient désespérément de maintenir sa tête accrochée à son tronc. Je pris le revolver et le lui mis dans la bouche.

— Moi, je n'ai pas d'amis.

Je montai le soir même dans le train de retour pour Madrid. Ma main saignait encore ; la douleur, écharde incandescente fichée dans ma mémoire. Pour le reste, aux yeux de tout le monde, je n'étais qu'un homme en gris dans la cohorte d'hommes en gris tenus par des fils invisibles qui flottaient sur le décor d'un présent volé. Reclus dans mon compartiment, le revolver à la main et le regard perdu sur la fenêtre, je contemplai cette interminable nuit noire qui s'ouvrait comme un abîme sur la terre ensanglantée de tout le pays. La colère de Sanabria serait la mienne, et la peau de Candela, ma lumière. La blessure qui me vrillait la main ne cesserait jamais de saigner. En apercevant poindre à l'aube l'immense plaine de Madrid, je souris intérieurement. En quelques minutes, mes pas allaient se perdre dans le labyrinthe de la ville, insaisissables. Comme toujours mon mentor m'avait montré le chemin, même dans l'absence. Je savais que les journaux ne parleraient peut-être pas de moi, que les livres d'histoire essaieraient d'enterrer mon nom sous les proclamations et les illusions. Peu importait. Nous, les hommes en gris, serions chaque fois plus nombreux. Bientôt nous serions assis à côté de vous, dans un café, un autobus, lisant le journal ou une revue. La longue nuit de l'histoire ne faisait que commencer.

LA FEMME DE VAPEUR

Je ne l'ai jamais avoué à personne, mais j'avais obtenu l'appartement par pur miracle. Laura, une fille aux baisers de tango, travaillait comme secrétaire pour l'administrateur de biens du premier étage, deuxième porte. Je fis sa connaissance un soir de juillet au ciel embrasé de brume et de désespoir. Je dormais à la belle étoile sur un banc de la place quand le frôlement d'une bouche me réveilla. "Tu as besoin d'un endroit où te loger ?" Laura me conduisit jusqu'à la porte. Le bâtiment était un de ces mausolées verticaux qui envoûtent la vieille ville, un enchevêtrement de gargouilles et de rafistolages qui affichait une date sur le linteau du porche, *1866*. Je la suivis dans les escaliers, presque à tâtons. La bâtisse craquait sous nos pas comme un vieux navire. Laura ne me demanda rien, ni fiches de paie ni références. Cela valait mieux parce qu'en prison on ne te donne ni les unes ni les autres. Le logement du dernier étage, une pièce suspendue dans une friche de toits, faisait la taille de ma cellule. "Je le prends", dis-je. À dire vrai, après trois années passées en prison, j'avais perdu le sens de l'odorat, et le bruit des voix qui suintaient des murs ne m'était pas nouveau. Laura montait presque toutes les nuits. Seules sa peau froide et son haleine brumeuse ne brûlaient pas cet été-là. À l'aube, elle dévalait les escaliers en silence et disparaissait. Je profitais de la journée pour somnoler. Les voisins avaient cette amabilité douce que confère la misère. Je comptai six familles, toutes avec des enfants et des vieux qui sentaient la suie et la terre humide. Mon préféré était monsieur Florián, qui vivait juste en dessous et qui peignait des poupées sur commande. Je passai des semaines sans sortir de l'immeuble. Les araignées dessinaient des arabesques autour de ma porte. Madame Luisa, la femme du troisième, me montait toujours à manger. Monsieur Florián me prêtait de vieilles revues et me proposait des parties de dominos. Les enfants de l'escalier m'invitaient à jouer à cache-cache. Pour la première fois de ma vie, je me sentais le bienvenu, presque aimé. À minuit, Laura apportait ses dix-neuf ans enveloppés de soie blanche et elle se laissait faire comme si c'était la dernière fois. Je l'aimais jusqu'à l'aube, me rassasiant dans son corps de tout ce que la vie m'avait volé. Ensuite je rêvais en noir et blanc, comme les chiens et les maudits. Même aux déchets de la vie comme moi, il est concédé un soupçon de bonheur dans ce monde. Cet été ce fut mon tour. Lorsque ceux de la mairie vinrent à la fin du mois d'août, je les pris pour des policiers. L'ingénieur travaux-démolition me dit qu'il était tout à fait désolé, il n'avait rien contre les "squatteurs", mais l'immeuble allait être dynamité. "Il doit y avoir une erreur", dis-je. Tous les chapitres de ma vie commençaient par cette phrase. Je dévalai les escaliers jusqu'aux bureaux de l'administrateur de biens, à la recherche de Laura. Ils ne contenaient qu'un portemanteau et un épais tapis de poussière. Je montai chez monsieur Florián. Cinquante poupées sans yeux se décomposaient dans les ténèbres. Je parcourus tout l'édifice à la recherche d'un voisin. Couloirs silencieux sous les décombres. "Cet immeuble est condamné depuis 1939, jeune homme, m'informa l'ingénieur, la bombe qui a tué tous les occupants a endommagé définitivement la structure." Nous eûmes des mots. Je le poussai dans les escaliers, je crois. Cette fois, le juge s'en donna à cœur joie. Mes anciens compagnons de cellule m'avaient gardé ma couchette : "Résultat, tu reviens toujours." Hernán, le gars de la bibliothèque, m'a retrouvé la coupure de presse concernant le bombardement. Sur la photo, les corps sont alignés dans des caisses en sapin, défigurés par la mitraille mais reconnaissables. Un linceul ensanglanté s'étale sur les pavés. Laura est habillée de blanc, les mains sur son torse ouvert. Deux ans ont passé, mais en prison on vit ou on meurt de ses souvenirs. Les gardiens se croient les plus malins, mais elle sait déjouer les contrôles. À minuit, ses lèvres me réveillent. Elle m'apporte des souvenirs de monsieur Florián et des autres. "Tu m'aimeras toujours, n'est-ce pas ?" demande Laura. Je lui dis que oui.

GAUDÍ À MANHATTAN

Des années plus tard, en contemplant le cortège funèbre de mon maître qui défilait sur le Passeig de Gràcia, je me rappelai le moment où j'avais fait la connaissance de Gaudí, le moment où ma destinée avait changé du tout au tout. Cet automne-là, j'étais venu à Barcelone pour entrer à l'école d'architecture. Mes rêves de conquête de la ville des architectes dépendaient d'une bourse qui couvrait à peine le montant de l'inscription et le loyer d'une chambre dans une pension de la rue du Carme. À la différence de mes compagnons d'étude aux allures de fils à papa, ma garde-robe se réduisait à un costume noir hérité de mon père, trop large de cinq tailles et trop court de deux. En mars 1908, mon tuteur, M. Jaume Moscardó, me convoqua dans son bureau pour évaluer mes progrès et, soupçonnai-je, ma misérable apparence.

— Vous ressemblez à un mendiant, Miranda, déclara-t-il. L'habit ne fait pas le moine, mais l'architecte, c'est une autre histoire. Si vous manquez de ressources, je peux peut-être vous aider. Il se dit parmi les professeurs que vous êtes un jeune homme à l'esprit vif. Dites-moi, que savez-vous de Gaudí ?

“Gaudí”. La seule mention de ce nom me donnait des frissons. J’avais grandi en rêvant de ses voûtes impossibles, de ses îlots néogothiques et de son primitivisme futuriste. Gaudí était la raison pour laquelle je désirais devenir architecte, et ma plus grande aspiration, hormis celle de ne pas mourir de faim pendant cette année scolaire, était de réussir à absorber un millième de la mathématique diabolique grâce à laquelle l’architecte de Reus, mon Prométhée moderne, soutenait la ligne de ses créations.

— Je suis son plus grand admirateur, réussis-je à répondre.

— C’est bien ce que je craignais.

Je détectai dans son ton le soupçon de condescendance caractéristique des propos ordinairement tenus sur Gaudí dans ce temps-là. Partout, le glas sonnait pour ce que certains appelaient le modernisme et d’autres, simplement, un outrage au bon goût. La nouvelle garde ourdissait une doctrine de la concision, laissant entendre que les façades baroques et délirantes qui finiraient au fil des ans par composer le visage de la ville devaient être crucifiées en place publique. La réputation de Gaudí devenait celle d’un fou acariâtre et célibataire, un illuminé qui dédaignait l’argent (le plus impardonnable de ses crimes) et dont l’unique obsession était la construction d’une cathédrale fantasmagorique dans la crypte de laquelle il passait la plus grande partie de son temps attifé comme un clochard, concoctant des plans qui défiaient les lois de la géométrie, convaincu que son unique client était le Très-Haut.

— Gaudí est toqué, poursuivit Moscardó. Il prétend désormais placer une Vierge de la taille du colosse de Rhodes en haut de la maison Milà, en plein Passeig de Gràcia. *Il a du cran** ! Quoi qu'il en soit, fou ou pas, et que cela reste entre nous, il n'y a jamais eu et il n'y aura plus jamais d'architecte comme lui.

— C'est bien ce que je pense, osai-je ajouter.

— Vous savez donc qu'il est inutile de rêver devenir son successeur.

L'auguste professeur d'université dut lire la contrariété dans mon regard.

— Mais vous pouvez peut-être devenir son assistant. Un des frères Llimona m'a raconté que Gaudí a besoin de quelqu'un qui parle anglais, ne me demandez pas pourquoi. Ce qu'il lui faut, c'est un interprète d'espagnol parce que ce grand bêta refuse de parler une autre langue que le catalan, particulièrement quand on le présente à des ministres, des infantes et des petits princes. Je me suis proposé pour lui trouver un candidat. *Dou iou spic inegliche*, Miranda ?

Je déglutis et invoquai Machiavel, le saint patron des décisions rapides.

— *Eu liteul.*

— Alors *congratulaicheunse*, et que Dieu vous vienne en aide !

Le jour même, flânant à la tombée du jour, je partis à pied vers la Sagrada Família où Gaudí avait son atelier, dans la crypte. Dans ces années-là, le quartier de l'Eixample se désagrégeait à la hauteur du passage de Sant Joan. Au-delà s'étendait une vision de champs, de fabriques et de bâtiments isolés qui s'élevaient comme des sentinelles solitaires

* Les mots ou phrases en italique suivis d'un astérisque sont en catalan dans le texte original. *(N.d.T.)*

dans la lunette d'une Barcelone promise. Les aiguilles de l'abside du temps se découpèrent bientôt sur le crépuscule, poignards sur un ciel écarlate. Un gardien m'attendait à la porte du chantier avec une lampe à gaz. Je le suivis sous les portiques et les arches jusqu'à l'escalier qui descendait à l'atelier de Gaudí. Je pénétrai dans la crypte, le cœur battant contre mes tempes. Un jardin de créatures fabuleuses se berçait dans la pénombre. Au centre de l'atelier, quatre squelettes pendaient de la voûte dans un ballet macabre d'études anatomiques. Sous cette machinerie spectrale, je trouvai un homme de petite taille aux cheveux gris, aux yeux les plus bleus que j'eusse jamais vus, et au regard qui voit ce que les autres ne peuvent que rêver. Il posa le carnet sur lequel il faisait un croquis et il me sourit. Il avait un sourire d'enfant, magique et mystérieux.

— Moscardó a dû vous dire que je suis *fou à lier** et que je ne parle jamais espagnol. Le parler, si, je le parle, mais seulement pour prendre le contre-pied. Ce que je ne parle pas en revanche, c'est l'anglais, et samedi j'embarque pour New York. *Mais vous, vous le parlez, l'anglais, n'est-ce pas jeune homme** ?

Ce soir-là, je me sentis l'homme le plus chanceux de l'univers en partageant la conversation de Gaudí et la moitié de son repas : une poignée de noix et des feuilles de salade assaisonnées d'huile d'olive.

— Savez-vous ce qu'est un gratte-ciel ?

À défaut d'expérience personnelle en la matière, je dépoussiérai les notions qu'on nous avait dispensées à la faculté au sujet de l'École de Chicago, les armatures en aluminium et l'invention du moment, l'ascenseur Otis.

— Sottises ! coupa Gaudí. Un gratte-ciel n'est ni plus ni moins qu'une cathédrale pour des gens qui, au lieu de croire en Dieu, croient en l'argent.

J'appris ainsi que Gaudí avait reçu une commande d'un magnat pour la construction d'un gratte-ciel au cœur de l'île de Manhattan, et que mon rôle était de servir d'interprète au cours de l'entrevue entre le mystérieux potentat et Gaudí, qui aurait lieu dans quelques jours au Waldorf-Astoria. Je passai les trois jours suivants à la pension, enfermé dans ma chambre à réviser la grammaire anglaise comme un possédé. Le vendredi à l'aube, nous prîmes le train pour Calais, où nous devions traverser la Manche jusqu'à Southampton pour embarquer sur le *Lusitania*. Dès que nous fûmes à bord, Gaudí se retira dans sa cabine, en proie au poison de la nostalgie de sa terre natale. Il n'en sortit que le lendemain soir et je le vis assis à la proue du paquebot, en train de contempler le soleil qui saignait sur un horizon enflammé de saphir et de cuivre. *"Voilà, ça c'est de l'architecture, faite de vapeur et de lumière. Si vous voulez apprendre, vous devez étudier la nature*."* La traversée devint pour moi une formation en accéléré et un éblouissement. Toutes les après-midis, nous arpentions le pont et nous parlions de plans et de rêves, et même aussi de la vie. À défaut d'autre compagnie, et devinant peut-être l'adoration religieuse qu'il m'inspirait, Gaudí m'offrit son amitié et il me montra les ébauches et les croquis qu'il avait faits de son gratte-ciel, une flèche wagnérienne qui, en prenant corps, pouvait devenir l'objet le plus prodigieux jamais construit par la main de l'homme. Les idées de Gaudí coupaient le souffle, et malgré cela je ne cessai de constater l'absence de chaleur et d'intérêt dans sa voix lorsqu'il commentait son projet. La veille de notre arrivée, le soir, je pris mon courage à deux mains pour lui poser la question qui me brûlait les lèvres depuis que nous avions levé l'ancre : pourquoi désirait-il se lancer dans un projet qui pouvait l'éloigner pendant des mois ou des années de son pays et surtout de l'œuvre qui était devenue le projet de sa vie ? *"Parfois, pour réaliser l'œuvre de Dieu il faut la main du diable**. *"* Il m'avoua que s'il acceptait de construire cette tour fastueuse au cœur de Manhattan, son client s'engageait à prendre en charge les frais de l'achèvement de la Sagrada Família. Je me souviens encore de ses mots : *"Dieu n'est pas pressé, mais je ne vivrai pas éternellement**... *"*

Nous arrivâmes à New York à la nuit tombée. Une mauvaise brume rampait entre les tours de Manhattan, la métropole perdue sous un ciel violet d'orage et de soufre. Un véhicule noir nous attendait sur les quais de Chelsea et il nous conduisit par d'obscurs défilés vers le centre de l'île. Des spirales de vapeur surgissaient entre les pavés et une nuée de tramways, de véhicules et de machines tonitruantes sillonnaient avec fureur cette ville de ruches infernales empilées sur des manoirs légendaires. Gaudí observait ce spectacle d'un air sombre. Des sabres d'une lumière sanguinolente poignardaient la ville depuis les nuages lorsque nous nous engageâmes sur la Cinquième Avenue et que nous aperçûmes les contours du Waldorf-Astoria, un mausolée de chambres, de mansardes et de tours de défense sur les cendres duquel s'élèverait vingt ans plus tard l'Empire State Building. Le directeur de l'hôtel sortit pour nous souhaiter la bienvenue en personne et il nous informa que le magnat nous recevrait le soir même. Je traduisais au vol ; Gaudí se contentait d'opiner de la tête. On nous conduisit jusqu'à une pièce luxueuse, au sixième étage, d'où on contemplait toute la ville qui sombrait dans le crépuscule.

Grâce au généreux pourboire que je donnai au garçon d'étage, je réussis à savoir que notre client vivait dans une suite située au dernier étage et qu'il ne sortait jamais de l'hôtel. Lorsque je lui demandai quel genre d'homme il était et à quoi il ressemblait, le garçon me répondit qu'il ne l'avait jamais vu, et il s'enfuit à toutes jambes. L'heure de notre rendez-vous venue, Gaudí se leva et il m'adressa un regard inquiet. L'ascensoriste, tout de rouge vêtu, nous attendait au bout du couloir. Pendant que nous montions, je vis Gaudí pâlir, à peine capable de tenir le dossier contenant ses esquisses.

Nous arrivâmes dans un hall de marbre donnant sur une large galerie. L'ascensoriste referma les portes derrière nous et la lumière de la cabine disparut dans les profondeurs. Je distinguai alors la flamme d'une bougie qui avançait vers nous dans le couloir. Une silhouette svelte et vêtue de blanc la tenait. Une longue chevelure noire encadrait un visage d'une pâleur encore inédite pour moi et des yeux bleus qui transperçaient l'âme. Deux yeux identiques à ceux de Gaudí.

— *Welcome to New York.*

Notre client était une femme. Une femme jeune d'une beauté troublante, presque douloureuse à contempler. Un chroniqueur victorien l'aurait décrite comme un ange, mais je ne vis rien d'angélique dans sa présence. Ses mouvements étaient félins ; son sourire, reptilien. La dame nous conduisit jusqu'à une salle remplie de pénombre et de voiles qui s'embrasaient au flamboiement de l'orage. Nous

nous assîmes. Gaudí lui montra ses esquisses une à une et je traduisis ses explications. Une heure, ou une éternité, plus tard, la dame me regarda droit dans les yeux et, passant sa langue sur le rouge de sa bouche, elle me laissa entendre que je devais la laisser seule avec Gaudí. Je jetai un regard en coin au maître. Il acquiesça d'un air impénétrable.

Luttant contre mon instinct, je lui obéis et je m'éloignai vers le couloir où la cabine de l'ascenseur ouvrait déjà ses portes. Je m'arrêtai un instant pour regarder en arrière et je vis la dame qui se penchait vers Gaudí, prenait son visage dans ses mains avec une tendresse infinie et baisait ses lèvres. À ce moment précis, le souffle d'un éclair illumina l'obscurité et j'eus l'impression pendant un instant qu'il n'y avait pas une femme à côté de Gaudí mais une forme obscure et cadavérique avec un grand chien noir allongé à ses pieds. Avant que les portes de l'ascenseur ne se referment, je vis les larmes sur le visage de Gaudí, brûlantes comme des perles empoisonnées. De retour dans la chambre, je m'étendis sur le lit, l'esprit étouffant de dégoût, et je succombai à un sommeil aveugle.

Quand les premières lueurs du jour caressèrent mon visage, je me précipitai dans la chambre de Gaudí. Le lit n'était pas défait et il n'y avait aucun signe de la présence du maître. Je descendis à la réception pour demander si quelqu'un savait où il se trouvait. Un portier me dit qu'il l'avait vu sortir une heure plus tôt et descendre le long de la Cinquième Avenue, où un tramway avait failli le renverser. Sans bien savoir pourquoi, je compris précisément où j'allais le retrouver. Je parcourus dix pâtés de maisons pour arriver à la cathédrale Saint-Patrick, déserte à cette heure matinale.

Dès le seuil de la travée, j'aperçus le maître agenouillé en face de l'autel. Je m'avançai et m'assis à côté de lui. Il me sembla que son visage avait vieilli de vingt ans en une nuit ; il avait acquis l'air absent qui l'accompagnerait jusqu'à la fin de ses jours. Je lui demandai qui était la femme. Il me regarda d'un air perplexe. Je compris alors que j'étais le seul à avoir vu la dame en blanc, et même si je n'osai pas imaginer ce qu'il avait vu, j'eus la certitude qu'il avait eu ce même regard. Nous embarquâmes l'après-midi même sur le paquebot de retour. Nous contemplions New York qui s'évanouissait à l'horizon quand Gaudí sortit le dossier contenant ses ébauches et le jeta par-dessus bord. Horrifié, je lui demandai ce que deviendraient les fonds nécessaires pour terminer le chantier de la Sagrada Família. *"Dieu n'est pas pressé et moi je ne peux pas payer le prix qu'on me demande**. "

Au cours de la traversée, je l'interrogeai cent fois sur ce prix et sur l'identité du client que nous avions rencontré. Cent fois il me sourit d'un air las, niant en silence. En arrivant à Barcelone, mon emploi d'interprète n'avait plus de raison d'être, mais Gaudí m'invita à lui rendre visite quand je le souhaiterais. Je repris la vie d'étudiant à la faculté où Moscardó m'attendait, impatient de me tirer les vers du nez.

— Nous sommes allés à Manchester pour voir une fabrique de rivets, mais nous sommes rentrés au bout de trois jours parce que Gaudí dit que les Anglais ne mangent que du bœuf bouilli et qu'ils ont une dent contre la Vierge.

— *Il a un sacré cran**.

Quelque temps plus tard, lors d'une de mes visites à la basilique, je découvris sur un des frontons un visage identique à celui de la dame en blanc. Son corps entrelacé dans un tourbillon de serpents suggérait un ange aux ailes acérées, lumineux et cruel. Gaudí et moi ne reparlâmes jamais de ce qui s'était passé à New York. Ce voyage resterait pour toujours notre secret. Avec les années, je devins un architecte honorable qui, grâce à la recommandation de son maître, obtint une place dans l'atelier d'Hector Guimard à Paris. C'est là que, vingt ans après cette nuit à Manhattan, je reçus l'annonce de la mort de Gaudí. Je pris le premier train pour Barcelone et j'arrivai juste à temps pour voir passer le cortège funèbre qui l'accompagnait jusqu'à sa sépulture, dans la crypte où nous nous étions vus la première fois. J'envoyai le jour même ma démission à Guimard. En fin d'après-midi, je refis le chemin que j'avais parcouru pour me rendre à mon premier rendez-vous avec Gaudí à la Sagrada Família. La ville enserrait déjà l'enceinte du chantier, et les contours de l'édifice escaladaient un ciel semé d'étoiles. Je fermai les yeux et l'espace d'un instant, je le vis terminé exactement comme Gaudí l'avait imaginé. Je sus que je consacrerais désormais ma vie à poursuivre l'œuvre de mon maître, conscient que, tôt ou tard, il me faudrait confier les rênes à d'autres qui, à leur tour, feraient ce qu'il faudrait. Parce que même si Dieu n'est pas pressé, Gaudí, où qu'il se trouve, continue d'attendre.

APOCALYPSE EN DEUX MINUTES

Le jour où le monde s'acheva, il me surprit au croisement de la Cinquième avenue et de la 57ᵉ Rue, les yeux rivés sur mon téléphone portable. Une rousse aux yeux argentés se tourna vers moi et me dit :

— Est-ce que tu t'es rendu compte que plus les mobiles sont intelligents, plus les gens deviennent bêtes ?

On aurait dit une des épouses de Dracula qui venait de dévaster une boutique d'articles gothiques.

— Puis-je vous aider, mademoiselle ?

Elle me dit que le monde arrivait à son terme. Les Services juridiques célestes avaient émis un ordre de retrait pour mauvais fonctionnement ; elle-même était un ange déchu envoyé depuis les ténèbres souterraines pour faire en sorte que les pauvres âmes comme la mienne se rendent de manière organisée jusqu'au dixième cercle de l'enfer.

— Je pensais qu'il n'y avait que neuf cercles là-dessous, la contredis-je.

— Nous avons dû en ajouter un autre pour tous ceux qui ont vécu leur vie comme s'ils allaient vivre éternellement.

Je n'avais jamais pris mon traitement médical au sérieux, mais il me suffit de jeter un coup d'œil sur ces yeux argentés pour comprendre qu'elle disait la vérité. Notant mon malaise, elle annonça que comme je n'avais pas travaillé dans le secteur de la finance, elle m'accordait trois vœux avant que le big bang rembobine et que l'univers implose pour reformer une croûte.

— Choisis intelligemment.

Je réfléchis un peu.

— Je veux connaître le sens de la vie, je veux savoir où trouver la meilleure glace au chocolat du monde et je veux tomber amoureux, déclarai-je.

— La réponse à tes deux premiers souhaits est la même.

Concernant le troisième, elle me donna un baiser qui avait la saveur de toute la vérité du monde et qui me poussa à vouloir être un homme honnête. Nous fîmes une promenade d'adieu dans le parc et ensuite nous prîmes un ascenseur pour monter jusqu'en haut du vénérable hôtel aux chapiteaux gothiques situé de l'autre côté de la rue, d'où nous regardâmes partir le monde en grande pompe.

— Je t'aime, dis-je.

— Je le sais.

Nous restâmes là, main dans la main, à regarder une avalanche écrasante de gros nuages cramoisis recouvrir les cieux et je pleurai, me sentant enfin heureux.

TABLE

Ouvrage réalisé par l'atelier graphique Actes Sud, reproduit et achevé d'imprimer en décembre 2021 par Normandie Roto Impression s.a.s. à Lonrai pour le compte des éditions Actes Sud, Le Méjan place Nina-Berberova, 13200 Arles.
Dépôt légal 1re édition : novembre 2021
N° impr. : 2106660
(Imprimé en France)